KB153496

천국보다 낯선 프랑스

천국보다

낯선

프랑스

이용빈 에세이

별책부록

차 례

Capture 1. 프랑스로 떠날 때는 돌아올 것을 생각하지 않았다

Capture 2. 프랑스 일상 속 단상

Capture 3. 해뜨기 전이 가장 외롭다

Capture 4. 파리의 밤, 흐들흐들한 영혼들이 외로움에 몸을 꼬았다

Capture 5. Aprés Paris(After Paris)

추천의 글 1

현재가 만족스럽지 않을 때마다 해외파견 채용 공고를
훑어보곤 했다. 일의 특성상 해외에서 일할 기회는 많았고,
'수틀리면 파견 간다'고 생각하면 기분이 좀 나아졌다.
언제든 여길 떠날 수 있다는 마음, 더 나은 선택지가 있다는
막연하지만 확고한 믿음. 그곳이 어디인지는 몰라도, 분명
여기보단 나을 거라 생각했다.

　　내가 불투명한 '그 어딘가'를 꿈꾸며 20대 후반을
보내는 동안, 내 친구 용빈이는 지도를 펼쳐 점을 찍었다.
프랑스였다. 용빈은 퇴근 후 1년이 넘게 알리앙스 프랑세즈에
다니며 프랑스어를 배웠고, 스물일곱에 직장을 관두고
프랑스로 떠났다. 의외의 선택은 아니었다. 프랑스 철학과
영화를 좋아했고, 교환학생으로 중국 중경에 산 적이
있었으니 해외 생활도 잘하리라 생각했다.

　　3년 후 용빈은 1년의 어학코스와 2년의 석사과정을
마치고 돌아왔다. 어학코스 도중에 포기하는 사람도 많은데,
낯선 언어로 학위 논문까지 쓴 친구가 대단하다고 생각했다.
하지만 용빈은 자신의 유학이 성공적이지 못했다고 자평했고,
프랑스 얘기를 할 때마다 복잡한 심경인 듯 보였다. 눈에
보이는 성취와는 대조적으로, 친구의 내면에서는 복잡한
일들이 있었으리라 짐작했다.

그로부터 다시 3년이 지났고, 용빈은 프랑스에서의
이야기를 묶어 책으로 만들었다. 그 복잡한 마음이
어디에서 비롯된 것인지, '막연한 동경'의 상징처럼 여겨지는
프랑스에서의 삶이 실제로 어땠는지 솔직하게 풀어냈다.
프랑스나 유학 생활과 무관하게, '여기 아닌 어딘가'에 대한
기대가 무너져본 적이 있다면 공감할 만한 이야기라고
생각한다. 열렬히 좋던 무언가가 마침내 현실이 되었을 때
내가 마주한 건 솜사탕 같은 이상이 아니라 벌거벗은
나 자신이었고, 해야 할 일은 울퉁불퉁한 땅에 두 발을
딛고 서는 것이란 걸 경험한 사람이라면.

습관처럼 해외 채용 공고를 살펴본 것과는 반대로,
나는 지난 6년 동안 월세에서 전세로 옮기며 안정적인 삶을
꾸려왔다. 내가 앓은 것이 꿈이나 이상이 아니라 만성적인
보바리슴이었단 것을 깨달았기 때문인지도 모른다. 용빈과
내가 각자의 혼란스러웠던 시기를 잘 통과하고 맞이한
지금이 참 감사하다. 그리고 지나온 시간이 무엇이었는지
되새김질하고 그 이야기를 꼭꼭 씹어 책으로 뱉어낸 내 친구
장하다! 우리 존재 너무 소듕해!

용빈의 오랜 친구이자 『나도 참 나다』를 만든, 오민영

추천의 글 2

영화를 만들고 여러 도시의 영화제를 다니면서 만난
친구들이 있다. 유학생이거나, 이민자들이거나, 혹은 정처
없이 떠돌고 있는 이들. 사적인 교류 없이 헤어지는 일도
있지만 몇몇은 정말로 친구가 되었다. 한국을 끔찍이
증오했거나 사랑했던 이들. 그들을 감싸고 있는 알 수 없는
고독감과 낯선 땅에서 일구는 생존의 삶을 늘 동경했다.
그리고 시시때때로 한국을 떠나고 싶다는 충동에
휩싸이곤 했다.

　　이용빈 작가와는 2015년 10월, 파리에서 처음 만났다.
그해 완성한 〈한여름의 판타지아〉가 파리한국영화제에
초청되었고, 그는 영화제 자원봉사자로 참여한 파리의
한국 유학생이었다. 당시 나는 몇 년간 무리하면서 작업을
이어온 상태라 거의 산송장인 채로 이곳저곳을 다니는
중이었다. 아, 사람이, 이렇게 과로사하는구나, 하는
생각을 수십 번도 더 했던 것 같다. 한 편만 만들고 죽을 건
아니잖아? 라는 말도 종종 들었다. (아니 환청이었나,
그러다 죽어, 그러다 죽는다고) 사람을 만날 때면 당분간
좀 쉬고 싶다는 말을 아무도 묻지 않았지만 열심히
떠들고 다녔다.

　　하지만 공항 서점에서 산 소설 『한국이 싫어서』를

(완전한 번아웃 상태로) 비행기 안에서 읽으면서,
다음 작업은 이 이야기가 될 거라고 생각했다. 20대 후반의
직장인이 한국에서 이렇게 살다 간 맹수에게 잡아먹히는
초식동물의 신세가 될 거라고 예감한 뒤 호주 이민을
감행한다는 줄거리였다. 그에게도 정규직의 직장이, 귀엽고
성실한 애인이, 사랑하는 가족이 한국에 있었다. 예측 가능한
안온한 생활을 뒤로한 채 새로운 가능성을 찾아 낯선 땅으로
모험을 나선 주인공의 여정이 이상하리만치 내 가슴을
두드렸다. 그는 한국을 떠나서야 비로소 한국을 제대로
생각할 수 있는 시공간을 확보한다. 그리고 행복해지겠다고
다짐한다.

　　이용빈 작가를 만나면서도 그 주인공을 떠올렸다.
영화제 동안 오가는 차 안에서, 길을 걸으며, 조촐히 치렀던
쫑파티에서 이런저런 잡담을 나누었던 것 같다. 그는
존재감을 드러내기보다는 타인의 말을 꼭꼭 주워 담듯
경청하며 고개를 끄덕였다. 생각이 맞닿는 지점이 생기면
조심스럽게 자신의 생각을 들려주기도 했다. 하지만
짧은 여행은 금세 끝이 났다. 그의 근황이 궁금해질 무렵에
공부를 마치고 한국에 돌아왔다는 소식을 들었다.
얼마간 취직을 했고 다시 퇴사한 것 같았다. 그리고 계속

어딘가를 떠돌고 있는 것 같(은 느낌이 들었)다.

이 책에는 그가 만난 짧고 긴 인연들이, 세심한 경청이, 생각의 되새김질이, 해 뜨기 전의 적요한 시간이 고스란히 담겨 있다. 이야기에 귀를 기울이다 보면 '프랑스로 떠날 때는 돌아올 것을 생각하지 않았'던 그가 한국에 돌아온 이후의 시간을 어떻게 보내고 있는지도 궁금해진다. 그럼, 최선을 다해 다음 장의 이야기를 기다리고 있겠습니다.

영화감독, 장건재

작가의 말

파리의 밤, 흐들흐들한 영혼들이 외로움에 밤새 몸을 꼬았다.
파리의 밤은 그렇게나 외로웠다.

　　실은 파리에 가기 전까진 제대로 외롭지 않았다고
보는 게 더 맞을지도 모르겠다. 회피할 수 있는 너무 많은
장치가 한국에 존재했으니까. 조금이라도 불안함이나
외로움이 내 마음을 잠식하려고 하면 나는 아주 쉽게
그 마음에서 벗어날 수 있었다. 일에서 인정받고 사람들에게
사랑받던 삶. 손을 뻗으면 기댈 수 있는 것들이 나에겐
너무나 많아서 간간이 나를 잠식하곤 했던 상처 같은 건
모두 극복했다고 생각했다.

　　그럼에도 불구하고 나는 프랑스에, 유럽에, 파리에
진한 향수를 느꼈다. 그곳이 내 집인 것처럼, 내 삶이 거기
있는 것처럼, 나는 그렇게 그곳에 가고 싶었다. 생각해보면
현재의 삶에 만족하지 못하고 떠나야만 하는 허영에
가득 찬 마음이 파리로 나를 이끌었다. 똑같은 것이 지겹고
싫었던 마음의 이면에는 나의 모습이 누군가에게도
질려버리면 어쩌나, 변화 없이 지겨운 사람이 되어버리면
어쩌나 하는 불안함이 자리하고 있었다. 이런 불안한 마음과
낮은 자존감에서 도망치고 회피하다 보면 결국 발 디딜
곳을 영원히 찾지 못하는 법이지만, 그때 나는 그걸 몰랐다.

반면 왜 그렇게 파리의 삶이 시궁창 같았을까를 생각해보면, 아마 '설국열차' 삼등칸에서 꼬리칸으로 밀려나는 기분 때문이었을 것이다. 여성학자 정희진은 한국의 여성은 20대에 '젊음'과 '외모'라는 힘으로 유일하게 남자보다 더 많은 권력을 가진다고 말했다. 그 찬란하던 시절, 좋았던 삶을 뒤로하고 더 나을 거라고 믿어 의심치 않았던 곳으로 갈 때의 마음은 상상치 못한 인종차별과 도무지 적응되지 않는 행정 서류들과 절차, 가난과 외로움에 산산이 부서져 버렸다. 똑똑한 학생, 사람들에게 둘러싸인 좋은 사람, 멋진 인생에 포지셔닝 되어있던 삶이 사람들의 말도 제대로 못 알아듣고, 도움을 청해도 못 들은 척하는 스물셋 남짓한 아이들 속의 동양인 유학생 포지션이 되어버렸다.

한국에서 나는 타자에 대한 감수성을 기르거나 타자의 위치를 상상해 볼 여지가 드물었다. 50여 명 빼곡히 찬 강의실 한 켠에 있던 한두 명의 중국인 유학생들, 농촌에 팔려 오듯 시집온 결혼이민자들, 굳이 외국인이 아니더라도 인정받지 못하고 포기하거나 감내하는 게 익숙해져 버린 어떤 부류의 사람들같이 이 사회에 존재하지만 나와 엮일 일이 없었던 사람들은 다들 어디에 있었을까? 나 자신의 인정욕구에 급급했던 그 시절의 나는 그런 사람들을 제대로 보지 못했다.

　　나와 같은 시기에 파리에 있었던 사람들은 대부분
한국으로 돌아왔다. 사람들이 부러워하고 감탄하는 프랑스
유학생이라는 타이틀을 달고. 프랑스에서 받던 멸시가
사라지고, 친절한 사람들 사이에서 내 능력을 인정받을 수
있는 한국에 왔는데, 나는 꿈꾸던 '성공'을 이루지 못했다고
생각한다. 무엇이 '성공한 유학'인지 모르겠지만 '객관적으로'
좋은 기업에 많은 연봉을 받는 직장에 들어가지도 못한
것 같고, 한국에서 일어나고 있는 경쟁의 한복판에 뛰어들고
싶지 않았다. 프랑스라는 전쟁터에서 도망쳐 나온 난민처럼
벌거벗은 몸을 부들부들 떨며 이 사회에서도 받아
들여지지 않으면 어쩌지 하고 어깨를 잔뜩 위축하고 있었다.
한국어를 하면서도 머릿속이 새하얘지면서 내가 무슨
말을 하고 있는지 모르겠다는 기분에 휩싸였다. 더 이상
상처받기 싫었기에 경쟁하고 싶지 않았다.

　　그리고 프랑스에서의 상처를 통해 이상한 인류애를
얻었다. 한국이 마치 전체주의 나라처럼 느껴지는 건,
프랑스가 자유와 평등의 나라여서가 아니라, 한국은
프랑스보다 더 노골적인 형태로 다양성을 억압하고 있다고
느꼈기 때문인 것 같다. 이런 상처받고 외롭고 인정받지

못했던 경험은 비단 나뿐이 아니라 나와 같은 시기에 있었던
파리 유학생들이 공통으로 가지고 있는 이상한 인류애의
실체라고 나는 생각한다.

　반면 가끔 프랑스에 남아있는 사람들을 떠올리면
아련해지곤 한다. 프랑스에 남은 이들은 한국의 이런 형태의
토탈리즘을 견딜 수가 없어 그대로 황무지에 남은 사람같이
느껴진다. 병역을 거부한 사람들, 노동당, 에이즈에 걸린
성 소수자, 다자연애자 같은 사람들이, 아직도 프랑스에
남아있다.

Capture 1

프랑스로 떠날 때는 돌아올 것을
생각하지 않았다

프랑스로 떠날 때는 돌아올 것을
생각하지 않았다

"파리에 못 가서 안 됐네. 기대가 컸을 텐데. 오해 말고 들어.
나도 거기 가봤지만 여기와 다를 거 없어."
"꼭 파리를 원했던 건 아냐."
"그냥 벗어나고 싶었군."
"속하고 싶었어. 사는 것처럼 살고 싶었어. 난 그이도 그럴 줄 알았지,
근사한 삶을 꿈꿀 거라고."
— 영화 〈레볼루셔너리로드〉 중

마음 한편으론 이런 생각을 했다. 스물일곱에 프랑스로
떠나 1년 언어연수를 하고 2년 석사하고 돌아와야지, 서른
살에 다시 한국에 돌아오는 거야, 더 나은 내가 되어서.
그러나 마음 깊숙한 곳에 나는 프랑스가 내 삶의 종착지라고
생각했다.

　이 지점에서 프랑스로 떠나는 사람들의 특수성이 생긴다.
어쨌든 프랑스를 선택하는 이유는 미국이나 영국을 선택하는
이유와는 다르다. (일반화하긴 힘들지만)영국이나 미국에서
공부를 한 후에 한국에 돌아와 좋은 회사에 들어가거나

교수가 되는 인생을 꿈꾼다면, 프랑스나 독일로 떠나는 사람들에게는 한국으로 돌아온 후의 삶이 명확하게 보이지 않는다. 프랑스로 떠나기 전, 추천서를 부탁드렸던 교수님은 미국에 가지 않고 프랑스로 가는 걸 응원하면서도 걱정했다. 레비나스와 미셸 푸코, 데리다를 좋아하는 분이었지만 한국에 와서 내가 무엇이 될 수 있을지 염려했다. 프랑스는 제1세계에 속하는 것 같은데, 또 묘하게 제1세계에서 비켜서 있는 느낌. 이런 이미지는 프랑스를 더욱 정착지처럼 만든다.

샘 멘더스의 영화 〈레볼루셔너리로드〉에서 파리는 윌러 부부가 찾는 이상향으로 그려진다. 아버지가 평생을 일하던 맨해튼의 회사에서 월급쟁이로 살고 있는 프랭크 윌러는 아버지처럼 아무런 업적도 흔적도 없이 잊혀진 사람이 될까 봐 두렵다. 여배우를 꿈꾸던 에이프릴 윌러는 재능이 없음을 깨닫고 가정주부로 살아가면서 권태를 느낀다. 겉으로 보기엔 누구보다 안정적인 이 부부는 내면에서 존재 자체로부터 불안을 느낀다.

그러던 어느 날, 에이프릴에게 찾아온 이웃은 그녀가 베푼 호의에 고마워서 이렇게 말한다.

"윌러 부부는 정말 특별해요. '이곳' 사람들과는 달라요."

이 특별하다는 말이, 에이프릴의 머릿속에 계속 남는다. 뉴욕 교외의 '레볼루셔너리로드'에 위치한, 안락하고 쾌적한

집은 자신이 속할 곳이 아닌, 다른 어딘가라고 생각하게
되고, 윌러 부부는 그 종착지를 '파리'로 정한다. 프랭크
윌러가 군 복무 중 머물렀던 파리, 벨 에포크 시대 문화와
예술의 중심지였던 파리, 전 세계 예술가들이 찾았던 파리는
특별했으니까. 뉴욕 맨해튼의 빠른 리듬과, 미국 교외의
휑하고 생기 없는 분위기와 달랐으니까. 나도 프랭크처럼
무엇이 되지 못할까 봐 불안했고, 에이프릴처럼 '특별하다'는
말에 반응했다. 파리처럼 특별한 곳에 가면 나 자신도
특별한 사람이 될 것 같다고 생각했다. 나는 내가 정말로
파리에서 잘 지낼 거라고 생각했고, 파리는 나와 맞을 수밖에
없다고 믿었다.

윌러 부부는 끝끝내 파리에 가지 못했고 에이프릴은
프랭크의 변심과 그의 이기적이고 강압적인 태도에
결국 목숨을 끊었다. 처음 이 영화를 볼 때의 나는 에이프릴에
지나치게 감정을 이입한 나머지 어떤 것도 내 결정을 막을
수 없도록, 내가 어디론가 떠나고 싶을 때 갈 수 있도록,
어떤 것에도 익숙해지지 않기로 했다. 무엇이든 경험해봐야
하는 경험주의자이자, 한 자리에 머물러있기보다 언제든
변화하려고 하는 나 같은 사람은 기동성을 마음에 길러둔다.

나는 일을 하는 3년 동안, 언제든 그만둘 수 있도록
돈을 꼬박꼬박 모았고, 자동차같이 오래 두고 쓸 비싼 물건을
사지 않았다. 10년 넘도록 넣어야 하는 연금이나 보험은
들지 않았다. 당시 남자친구와 사귀기 전에 나는 프랑스에
가고 싶은 마음을 전했고, 사귄 지 일 년쯤 되던 날

프랑스어를 배울 것이고 프랑스를 갈 준비를 시작하겠다는 말을 꺼냈다. 나는 남자친구를 많이 좋아했고 마음이 아팠지만, 프랑스를 포기하고 싶진 않았다.

　　나는 언제나 이런 이야기에 마음이 흔들렸다. '지금보다 훨씬 나쁘더라도 지금보다는 나은 거야.'라고 소설을 통해 말했던 은희경이나, 위험한 사랑에 빠져들곤 했던 아니 애르노, 사랑을 선택하고 파국을 맞이하는 안나 카레니나나 보바리 부인 같은 이야기. 권태를 느끼는 사람들, 안정보다는 변화를 위해 나서는 모든 이야기들. '길 위에서' 펼쳐지는 삶은 불안하고 예측할 수 없고 때론 후회로 점철되지만, 나는 머무르지 못했다. 영화 〈아비정전〉에서 말하길 '발 없는 새가 평생 딱 한 번 땅에 내려앉을 때, 그것이 죽음'이듯이, 인생은 평생 날아가는 것이라고. 내가 어디로 가게 될지, 어떤 모습을 띠게 될지 예측할 수 있고 예상하는 건 재미가 없다고.

　　그래서 나는 내 미래가 어떻게 흘러갈지 모르는 불확실성에 나를 내던졌고, 프랑스로 떠날 때는 돌아올 것을 생각하지 않았다.

먼 곳에의 그리움

"그리움과 먼 곳으로 훌훌 떠나버리고 싶은 갈망, 비하만의 시구처럼
'식탁을 털고 나부끼는 머리를 하고' 아무 곳이나 떠나고 싶은
것이다. 먼 곳에의 그리움(Fernweh)! 모르는 얼굴과 마음과 언어
사이에서 혼자이고 싶은 마음! 텅 빈 위와 향수를 안고 돌로 포장된
음습한 길을 거닐고 싶은 욕망, 아무튼 낯익은 곳이 아닌 다른 곳,
모르는 곳에 존재하고 싶은 욕구가 항상 나에게는 있다."
— 전혜린, 「먼 곳에의 그리움」*

고등학교 때 처음 전혜린의 글을 읽었을 때, 나는 어떤
'먼 곳'에도 '홀로' 존재한 적 없었음에도, 이 문구가 무척
마음에 들어 다이어리 한 켠에 써놓았다. 그때부터 지금까지
이 글은, 여행에 대해 쓴 글 중 내가 가장 좋아하는 문구다.
한 번도 가보지 못한 곳을, 설렘이나 불안 같은 감정으로
말하지 않고 그리움이라 표현한 이 문구를. 그리워할

*   전혜린, 『그리고 아무 말도 하지 않았다』중 「먼 곳에의 그리움」,
     민서출판사, 2004.

'먼 곳'이 없던 고등학생의 마음에 이 글이 어떻게 마음에 남았을까 생각해보면, 어떤 류의 인간에게는 자신이 속한 곳으로부터 벗어나고 싶은 욕망이 내재되어 있는 것이 아닐까 하는 생각에 이르게 된다.

이 욕망은 양면적이다. 한 축의 나는 혼자이고 싶다. 내 언어가 들리지 않는 곳, 내가 한 번도 보지 못했던 풍경 속, 맡아보지 못했던 냄새와 익숙해지지 않는 온도에서 오롯이 혼자임을 느끼는 거다. 내가 느끼는 감정과 존재의 본질에 다가가고자 하는 시도. 대한민국이라는 환경에서 멀어져서, 익숙한 사람들에게서 멀리 떨어져서, 어떤 곳에 속했던 나와 그 바깥의 나를 생각해보는 일. 오래전에 내 마음을 스쳤던 생각들이 생생하게 떠오르고, 내 마음을 대변하는 것 같은 글들에 마음을 뺏기기도 한다. 떠오르는 생각들을 메모장에 끄적이기도 하고, 익숙한 곳을 그리움으로 떠올린다.

이렇게 혼자일 때 나는 누구보다 열린 마음이 되어서 낯섦을 받아들인다. 나 자신을 낯선 곳에 무방비 상태로 노출시키고, 그 땅의 공기를 들이마신다. 지나치는 사람들과 이야기를 나누다 외로움이 묶어주는 끈으로 친구가 된다. 각자 살아온 삶과 토양에 대해 이야기하고, 새로운 곳에서 발견한 점들을 함께 바라본다.

여행이 끝나고 일상의 익숙함에 안착할 때 행복을 느끼는 사람들이 있고, 먼 곳을 지속적으로 그리워하는 사람들이 있다. 어쩌면 절대적인 사람의 차이가 아니라 정도의 차이일지도 모르지만. 어떤 류의 사람은 전혜린의 문장을 마음에 새긴다.

왜 프랑스냐고 물으신다면?

내가 유학을 간다면, 그것은 의심할 여지 없이 프랑스일 수밖에 없었다.

　　프랑스를 택한 이유는 여러 가지가 있지만, 무엇보다 이미 프랑스 철학에 내 마음을 빼앗긴 지 오래였으니까. 철학에 조예가 깊은 건 아니지만, 나는 칸트나 헤겔이 완성했다는 이성 철학보다는 타자에 대해 이야기하는 프랑스 철학이 미래라 생각했다. 이성 철학이 가진 모든 좋은 점에도 불구하고 나는 완벽한 '이데아'와 비루한 '현실', 철인과 우매한 군중, 이성을 상징하는 정신과 이성을 방해하는 몸, 문명화된 세상과 야만의 세계를 나누는 이분법을 견뎌내질 못하겠다. 효용, 이성적 판단, 나만의 도덕성 같은 이야기가 하품 나기도 했다.

　　대신 프랑스 철학은 무엇도 절대적으로 옳은 것이 없다고 말한다. 인간이 자연을 제멋대로 변형시키고 훼손할 권리 또한 없다고 말한다. '절대', '이성'으로 이루어진 '나'(존재)가 아니라 '몸'과 '남루함', '세상'과 '타인'이 끝없이 영향을 끼치면서 나를 바꾸면서 매번 새롭게 형성되는 인간. 이런 정신을 가진 삶은 뿌리 없이 휘청휘청 흔들리는 것 같지만, 누구보다 유연하고 겸손한 태도로 세상을 조망하는 삶이다.

프랑스 철학을 읽으면서 두근거리던 마음은 언제나 영화를 보면서 증폭되곤 했다. 앨프리드 히치콕이나 마틴 스콜세즈의 영화보다 나는 누벨바그의 영화들에 그렇게나 마음이 뛰었다. 사람들이 좋아하는 이야기나 플롯을 만들어내는 사람들보다 항상 제멋대로 자신의 이야기를 불친절하게 늘어놓는 모습이 좋았다. 장뤽 고다르나 프랑수아 트뤼포는 영원히 늙지 않을 것만 같았다.

좀 더 현실적인 이유를 들자면 프랑스는 학비가 거의 들지 않기 때문이기도 했다. 한국에서 대학원을 가는 데도 웬만한 사립대의 경우 1년에 천만 원이 넘게 드는데, 그렇다면 석사를 프랑스에서 하는 것도 좋지 않을까? 하는 생각으로. 실제로, 나는 석사과정 중 1년에 40만 원 정도의 학비를 냈다. 이 금액에는 학생 보험료도 포함되어 있었다. 쁘와띠에에서 어학을 공부할 때는, 학비가 조금 비싸긴 했지만(그러나 한국의 국립대학 등록금 수준이었다), 고시원 정도의 기숙사 방 하나에 한 달에 231유로(30만 원)를 냈고, 그마저도 90유로(12만 원) 정도는 지원금으로 돌려받을 수 있었다. 물론 파리의 집값은 감당하기 힘든 수준이었으나 학비와 주택보조금 등의 지원은 가난한 유학생에게 단비 같은 혜택이었다.*

마음의 한구석에, 미국이 없었다고는 말하지 못하겠다. 그런데 내 마음속의 미국에는 일의 효율성을 위해 인간은 한 부분의 부품이 되어버린 포드주의가 스테레오 타입으로 떠올랐고, 연구방법론 역시 지나치게 숫자 중심일 거라고 생각했다. 어쩌면 선택의 여지가 없어 그냥 접어버렸을 마음일지도 모르지만 말이다.

* 그런데 이제는 그마저도 힘들어질지도 모르겠다. 2017년 내가 프랑스를 떠난 직후 집권한 마크롱 대통령은, 유럽 이외의 국가에서 온 학생들에게 등록금을 15배 가까이 인상하겠다고 밝혔기 때문이다.

중국이 있어서

내가 외국에서 유학한 건, 프랑스가 처음은 아니다.
중어중문학과였던 나는 중경에서 1년 동안 교환학생으로
있었다. 2008년의 일이다. 그때는 미국발 모기지론
금융 위기가 터져 180원 언저리였던 위안화가 240원까지
치솟았고, 중국은 그 전해에 일어났던 쓰촨성 대지진의
잔해를 정리하고 있었다.

　처음 중경에 도착했던 날, 같은 과 친구이자 룸메이트와
공항에 도착해 택시를 벌벌 떨면서 탔다. 그때까지만 해도
중국으로 신혼여행 간 부부가 공항에서 택시를 타려다,
택시가 와이프만 태우고 달아나버렸는데, 10년이 지나
그 남편이 중국에 갔다 와이프가 팔다리 잘려서 구걸하고
있다는, 뭐 그런 류의 이야기가 떠돌던 때였다. 본투비 쫄보인
나는 택시를 타는 내내 그 이야기를 머릿속에서 떨쳐낼
수가 없었다.

　60위안이면 될 택시비를 200위안 정도 내고 나서
송린포 기숙사에 내렸다. 얼마 정도 손해는 봤지만, 장기는

무사하니 그것으로 안심이었다. 우리가 도착한 곳은 송린포
(松林坡) - 소나무가 우거진 언덕에 위치한 외국인 전용
기숙사였다. 기숙사에 도착해, 관리인 아저씨를 만났다.
서툰 중국어로 지금 도착했고, 두 명이고, 방이 필요하다고
설명했다. 우리 방은 410호로 정해졌다. 맥이라는 영어를
가르치는 미국인이 지나가다가 환영한다며 이민 가방 옮기는
걸 도와줬다. 15평 남짓한 원룸에 책꽂이가 딸린 책상
2개, 침대 2개, 옷장 2개인 방에 도착했다. 아무 세간살이가
없어 가져왔던 담요를 대충 덮고 누웠다. 유학, 독립,
룸메이트와 사는 것, 중국, 외국인, 모든 게 처음이었다.
불안함, 모든 것을 처음 시작해야 하는 불편함, 낯선
나라에 대한 두려움 같은 것들을 마음속에 안아 들고 밤새
몸을 뒤척여야 했다.

다음 날, 중경에 있던 과 선배가 우리를 만나러 왔다.
낯선 땅에서 만난 아는 얼굴이 반가워 눈물이 다 날
지경이었다. 선배는 지난해 교환학생으로 중경에 왔던
사람들이 우리에게 남기고 간 세간살이를 전달해주었고,
기숙사 2층에 사는 다른 한국인 오빠와도 첫인사를
나눴다. 그렇게 학기 시작을 앞두고 한국인들의 커뮤니티가
만들어졌다. 이런 커뮤니티는 어디나 비슷한 양상을 띠는
것 같은데, 대장 노릇을 하는 한국인, 그를 서포트해주는
남자 동생들, 그리고 그들 사이에서 성적 농담에 아무렇지
않은 척하거나 남자들의 뒤치다꺼리를 도맡게 되거나 하는
여자들이 있다. 이런 한국적 커뮤니티 때문에 외국에서

한국인들끼리 어울리는 것에 그렇게 거부감을 가지게
되었을지도 모르겠다. 외국까지 와서 가부장제와 군대
문화가 이렇게나 노골적으로 펼쳐지는 걸 보고 싶지는 않아서
서서히 이 커뮤니티와는 멀어졌다.

　　나는 대신 새로운 친구들이 생겼다. 학교에서
같은 반 수업을 듣는 친구들이 생겼고, 기숙사에 함께 사는
친구들이 생겼다. 그 친구들은 대부분 유럽이나 북미, 러시아,
오세아니아 출신이었다. 파리에 처음 도착한 날, 자신의
집에 일주일 동안 기꺼이 머물라고 했던 알렉스는 수업 시간
첫날 내 옆에 앉았던 친구다. 내 세 번째 남자친구는 옆
옆 방에 살던 캐나다인이다. 우리는 매일 점심을 함께 먹었고,
학교의 합창 프로그램이나 시 낭송 대회에 함께 참여했다.
노래방에서 비틀즈나 Lemon Tree, 에어로스미스 같은
월드와이드 올드팝을 떼창했다. 나는 이 쿨한 친구들과
노는 게 너무 좋아서 매일매일이 신났다.

　　기숙사에는 내가 어울려 다니던 친구들 외에도 남미와
아랍, 태국, 베트남, 아프리카에서 온 친구들이 있었다.
학교 행사들이나 기숙사에서 열리곤 했던 파티에서 우리는
함께 모여 도란도란 이야기를 나누곤 했다. 다양한 언어의
'안녕' '배고파' '밥 먹었어?' '못 알아듣겠어' '일이삼사오'
같은 걸 배우면서 우리는 그 말들을 통해 내가 너의 문화에
관심이 있음을, 너에게 열린 마음으로 대하고 있음을,
너와 너의 나라에 대해서 편견을 갖지 않을 것을, 네가
살아온 곳과 언어를 좋아할 것임을 표현했다. "잘 지냈어?"

"응, 잘 지냈어, 너는?" "나도 잘 지냈어 고마워"란 말을
다양한 언어로 배웠고, 마주칠 때마다 똑같은 레파토리로
말했는데도 송린포 사람들은 그것을 지겹거나 어색해하지
않았다.

이때 나는 프랑스어를 말하길 좋아했다. 알렉스와
스위스에서 온 하이리엔(스위스 이름을 까먹었다)*이 나에게
프랑스어를 가르쳐주며 항상 나보고 발음이 좋다고 했다.
어깨를 으쓱하게 하는 이 친구들, 친절하고 열려있고 유쾌한
이 친구들 때문에 나는 프랑스 유학의 씨앗을 마음속에
심었다.

중국 사람들은 우리를 좋아했다. 외국인이라서
신기해했고, 중국어로 한마디만 해도 잘한다고 물개박수를
쳤다. 도서관에 앉아있으면 중국 학생들은 한국인이냐,
뭘 읽고 있냐, 말을 걸었다. 스타벅스에 매일 진을 치고
앉아있던 우리를 보면 점원이 빙긋 웃어주었다. 하루는 '단지
우리가 외국인이기 때문에' 베르사체 파티에 초대받았다.
외국에 산다는 건 이렇게나 근사하고 특별한 일이야. 중경에
도착한 첫날의 공포와 불안이 사라지고 나는 동화 속
주인공이 된 것 같았다. 그 세계에 계급이 있었다면 우리는

---

* 하이리엔은 항상 티베트풍의 옷을 입고 영적인 기운을 갖고 있는
   친구였는데, 하루는 나에게 "용빈, 너는 프랑스에서 공부해야겠어"
   라고 말했다. 나중에 프랑스로 와서 문득 그때의 일이 생각나서
   아는 언니에게 그걸 말했더니, 하이리엔은 지금 티베트에서 무당
   관련 공부를 하고 있다고 한다.

특권층이었다. 유럽계 백인은 언제나 특권을 가졌고 나는
그들 사이에 있었으며, 한국 역시 중국인들에게는 특별한
나라였으니까.

중국에서의 삶은, 세상이 유럽계 백인을 중심으로
돌아간다는 걸 알게 해준 계기가 되기도 했지만 다른 한 편
으로는 그것이 옳은지를 생각해보는 출발점이 되기도 했다.
중국에 있을 때 한 독일 친구가 물었다.

"넌 중국이 좋니?"

"응."

"중국이 왜 좋아?"

"그냥 이 모든 생활이 재밌잖아, 우리가 함께 어울려서
놀고, 웃고 떠드는 시간."

"그래? 근데 생각해보면 그건 '우리가' 만드는 거잖아.
사실 우리는 '중국'에 대해서 안 좋은 걸 더 많이 얘기하고
있는 거 아냐?"

부끄러운 이야기지만, 우리가 그 특권 의식에 사로잡혀
있을 때 종종 중국은 폄하되었다. 우리끼리는 마치
우리가 세계시민인 것처럼 세상 어디에도 마음이 열려있는
것처럼 굴었지만, 사실은 중국에 대해서는 우리의 선입견이
마구 쌓여가던 시기였다. 이를테면, 어학 선생님께 천안문
사태에 대해 어떻게 생각하느냐고 물었는데 버벅거리던
선생님의 태도, 중국에서 페이스북을 사용할 수 없게 된 일,
여행을 가던 도중 정차한 나이트 버스에서 위압적으로
검문하던 공안의 모습, 길거리에 침을 뱉는 위생 관념

이라든가 책상 빼고는 다 먹는다는 다양하고 희한한 음식 문화. 티베트와 우루무치와 홍콩과 대만을 중국이라 여기는 일. 우리는 이런 이야기들을 신나서 했다.

그렇게 이야기할 땐 내가 지식인인 양, 마치 내가 중국을 비판할 권리를 특권처럼 가진 것처럼 떠들어댔지만, 한국에 돌아와서 아직 다 벗겨지지 않은 패권을 가진 자의 시각으로 한국을 바라보니 나는 아찔해졌다. 중국에서 내가 싫어하곤 했던 모습이 한국에도 있었고, 한국 땅에 있는 외국인의 모습이 내가 우쭐했던 그 모습과 너무나 닮아있었다. 중국에 대한 스테레오 타입을 마구 쌓아가던 것이 결국 내 얼굴에 침 뱉는 것이었음을 깨달았을 때, 소위 '백인 외국인'을 향한 내 마음에 양가감정이 생기기 시작했다.

마음 깊숙이, 나는 세상의 중심이 이 유럽계 백인에 있음을 확인하고 이들에게 속하고 싶었다. 석사 유학을 하고 그 세계에 속하면, 나는 그들처럼 살 수 있을 것 같다 생각했다. 이미 많은 책이 유럽의 정치를 복지를 문화를 찬양하고 있었고, 내가 만난 유럽계 백인들은 모두 정신적, 물질적 여유가 좋았다.

그런데 한 편으로는 그들이 세상의 중심이라는 것, 그냥 백인으로 태어났기 때문에 생긴 특권들이 부당하게 느껴졌다. 그들에게 한국이나 중국을 비판할 권리가 있는 게 아닌데 그들은 그걸 무척 쉽게 했다. 한국이나 중국이 그들을 찬양할 이유도 없는데 우리는 지나치게 그렇게 했다.

중국이 있어서 나는 비뚤어진 세계에서 균형을 잡는

법을 배웠다. 중국에 대한 비판에는 고개를 쉽게 주억거리는 사람들도, 미국이나 유럽을 향한 비판에는 왠지 거북해한다. 물론 중국의 위상은 하루가 다르게 바뀌고 있고, 중국도 미국 못지않게 패권을 휘두르려고 하는 모습을 보인다. 장기 집권을 노리는 행정부와 불합리한 사건들, 경제력을 등에 업은 패권의 행사 같이 중국이 가진 문제는 미국만큼이나 많다. 그렇지만 (내가 그랬던 것처럼)'중국이 페이스북을 사용하지 못하기 때문에 민주적이지 않다'라는 식의 애정과 이해가 없는 단순하고 편협한 비판은 문제가 있는 게 아닐까. 나는 중국이 좋으니까, 그런 중국을 싫게 만드는 것들에 대한 비판의 날은 날카롭고 명확해야 하지 않을까.

　　나는 미국이나 유럽이 이 세계를 공정하게 수호하고 심판하는 역할을 맡았다고 배웠다. UN은 평화를 위한 기구이며 일제 침략이나 민주화 과정에서 우리는 미국과 유럽에 우리의 위기를 알렸고 도움을 요청했다. 우리의 목표는 침략에서 벗어난 강대국이었고 민주주의를 이룩한 영미 유럽권 나라였으니까. 그런데 정작 유럽의 난민 문제나 이민자 문제를 우리나라에선 비중 있고 균형감 있게 다루지 않는다. 미국이나 유럽의 어두운 면은 우리나라에서 제대로 다루어지지 않는 까닭이다. 이러한 프레임들은 어떻게든 우리가 세상을 바라보는 눈을 왜곡시키고 환상을 만들어낸다.

한국에서 도망친다는 것에 대하여

"한국에서 도망치고 싶었나 봐요?"

이런 질문을 받은 적이 있다. 맞다. 나는 한국에서 도망치고 싶었다. 안전한 곳으로 가고 싶었고, 한국의 무능함에 지쳐있었다.

대학교 3학년이던 2008년, 광우병 사건이 터졌다. 미국산 쇠고기 수입을 전면 허용하는 FTA 체결 후, PD 수첩은 광우병을 우려하는 방송을 했고, 이것이 계기가 되어 미국산 쇠고기 수입 반대를 포함한 이명박 정부의 우경화 정책에 반대하는 촛불 시위가 이어졌다. 이때 정부는 컨테이너 박스로 바리케이트를 치며 '명박 산성'을 쌓았고, 시위를 불법으로 규정하는 등 우리의 발언권과 정치 행동이 침해받는 일들이 일어났다.

그때부터 긴 절망이 시작되었던 것 같다. 노무현 전 대통령과 김대중 전 대통령의 서거, 박근혜 전 대통령의 당선. 나는 이날, 숱한 여론 조사에도 불구하고 박 전 대통령이 이길 거라는 생각을 하지 못했고(설마 그런 일이 일어나겠냐고 생각했다), 개표 방송을 보며 승리를 축하해야겠다는 생각으로 단골 카페를 향했다.

저녁 여섯 시, 출구조사가 발표되면서부터 속이 안 좋아지기 시작했다. 카페에 도착해서 사람들과 이야기하며 불안은 더 심해졌다. 함께 저녁을 먹기 위해 중국집에서 자장면이며 탕수육을 시켰는데, 한 젓가락을 먹고 게워내고 말았다. 집에 돌아온 나는 개표 방송을 보다가 결국 응급실에 실려 가 스트레스성 급성 위염으로 링거를 맞았다.

그 이후에 나는 더 민감해졌다. 후쿠시마의 방사능이 유출됐지만 정치인들은 생선을 먹으며 '안전하다'고 말하는 코미디를 보여줬다. 고리원전의 크고 작은 사고들이 이어졌고, 책임자들의 무능과 부패를 보면서 나는 견딜 수 없는 불안을 느꼈다.

내 불안이 다른 사람들과 달리 더 예민하고 과장 되었다는 걸 나는 안다. 다른 사람들이 해외로 떠나는 이유는 제각각이겠지만, 나 같은 경우에는 이 불안에서 도망가고 싶었다. 되돌아보면 이건 엄마에게서 이어진 불안이지 않을까 하는 생각이 든다.

엄마는 대학생이던 1979년에 박정희 정권의 유신 체제에 반대해 부산과 마산에서 '부마항쟁'을 조직하고 시위하다 경찰에 붙잡혀서 고문당했다. 한 달이 채 안 되는 기간 동안 경찰은 발가벗은 엄마를 천장에 매달고, 생리혈을 철철 흘리는 여대생에게 구타와 폭언과 모욕을 일삼았다. 엄마는 너무 무서워서 그들이 원하는 답을 할 수밖에 없었다고

했다. 박정희 전 대통령이 죽고 나서, 엄마는 가까스로
풀려날 수 있었다. 박정희 전 대통령이 그때 죽지 않았거나
시위가 더 확산되었다면, 부산과 마산이 1980년의
광주처럼 폐쇄되었더라면 어땠을까. 그런 일은 일어나지
않았지만 대신 새로운 군사정권이 들어섰다. 엄마는 1979년
부터 1987년까지 불안과 공포를 느끼면서, 쥐 죽은 듯이
살았다고 했다.

　　엄마는 내가 이명박 정권에 분개하던 2008년에
이런 이야기를 처음 들려줬다. 엄마가 마산대학교에서
학생들을 모으고 대자보를 쓰고 시위를 조직하던 당시의
엄마 나이에 다다른 나에게 말이다. 어느 날, 엄마와
둘이 나란히 누워서 잘 때 나는 이 세상이 너무 이상하다고,
이런 일들이 어떻게 벌어질 수 있냐고 엄마에게 물었다.
엄마는 가슴 깊이 숨겨뒀던 엄마의 이야기를 먹먹한
목소리로 꺼내기 시작했다. 나는 어릴 때부터 봐왔던 엄마의
모습-엄마의 진보적인 성향, 행동파, 토론이나 방송에
가끔 출연하거나 인터뷰를 하는 일, 그런데도 불안이 엄마를
휩쓸고 갈 때 엄마가 매우 힘들어한다는 것-과 엄마의 말에
퍼즐이 맞춰지는 것 같은 기분이 들었다.

　　다시 2012년으로 돌아와서. 엄마가 맨몸으로 대항했던
권력이 신화가 되어 다시 돌아오고, 딸이 그 상징이 된다는
것이, 내게 어쩌면 가슴 깊숙이 감춰뒀던 공포를 이끌어내는
것일지도 몰랐다. 엄마처럼 무겁게 투사가 되어 살고
싶지 않았던 것 같기도 하다. 그냥 가볍게, 내 나이에 맞게,

나만 생각하면서, 그렇게 살고 싶었다.

프랑스에 가기 한 달 전, 사고는 불안을 느끼던 원전에서 터진 게 아니라 다른 곳에서 일어났다. 배가 침몰하는 모습은 꼭 한국이 침몰하는 모습 같았다. 세월호 사고가 있고 나서 나 역시 지독한 죄책감과 무력감에 빠졌다. 왜 피해자들 대부분이 아이들이어야 했는지가 제일 마음을 괴롭혔다. 이 세계는 너무 견고하다고, 나는 힘이 없다고 투정만 부렸는데 피해는 나보다 더 어리고 약한 사람에게로 돌아갔다.

그럴 때, 아룬다티 로이의 『9월이여, 오라』나 은종복의 『풀무질, 세상을 벼리다』 같은 책들이 산란한 마음을 붙잡아 주었다. 이 책들은 절망 속에서 건져 올릴 수 있는 희망과 강한 의지를 보여줬고, 막막하고 불편한 마음을 모아 무엇을 고민하고 어떻게 살아야 하는지 방법을 제시해주었다.

한국에서 도망치고 싶었냐는 물음에 나는 "도망치고 싶었지만, 다시 한국으로 돌아갈 거다"라고 답했다. 한없이 가볍게 날아가고 싶었다. 하지만 나는 훌훌 날아갈 수 있는 사람은 아니었다. 진지하고 심각한 얼굴을 풀고, 인생이 여유롭고 유머러스하게 사는 걸 꿈꾼다. 하지만 내가 살아가는 역사의 맥락이, 엄마로부터 연결되어 있는 운명이 나를 형성하고 있다는 걸 계속해서 마주하게 된다.

다시 학생이 되다

삼 년 동안 다니던 직장을 그만두고 프랑스에 왔다. 일어나고 출근하고 일하고 밥 먹고 퇴근하고 술 마시고 친구를 만나고 수다 떨고 취하고 연애하고. 수많은 할 일과 약속이 연속적으로 펼쳐진 지난 삼 년은 정말 정신없이 흘렀다.

공무원으로 일하던 삼 년. 사회에선 나름 인정받았던 듯한데 나 스스로는 왜 그렇게 나를 인정하기 힘들었을까. 눈앞에서 펼쳐지는 불합리한 일들이 나를 무너뜨리고, 그간 배워오고 옳다고 믿었던 지식이나 상식은 내 입으로 설득력 있게 발화되지 못한 채 강압적인 발언들로 너무 쉽게 부정당해 버리는 현실과 맞닥뜨렸다. 나는 괜찮은 신차인 줄 알았는데 해가 갈수록 심하게 감가상각 당하는 느낌. 일이 나를 점점 더 값어치 있게 만드는 게 아니라 그저 소모하기만 한다는 생각. 그래서 프랑스에 가고 싶었다.

그런데 막상 호기롭게 다시 학생이 되어 프랑스 시골 도시로 오니, 이건 뭐 보바리 부인이 따로 없다. 말이 통해야 말이지. 말하는 나도 답답한데 듣는 사람한테 인내를 바랄 수 있을까. 평생을 꿈꾸던 결혼을 했는데, 답답하고 매력 없는 시골 의사 샤를르 보바리의 부인이 되어버린 보바리 부인의 권태가 내 프랑스 생활에도 펼쳐졌다. 옆 방에 사는 19살의 프랑스 새내기가 섹스하는 소리까지 다 들리는, 9제곱미터의 좁은 기숙사 방에 틀어박혀 한국 드라마와 예능만 주야장천 보고 있는 나 자신을 마주하고 있을 땐, 이것이 내가 꿈꾸던 프랑스 생활인가 회의가 들어 견딜 수가 없었다.

지난 삼 년, 나를 쉴 새 없는 감정의 롤러코스터 속에 있게 했던 20대 직장인의 삶에서 벗어나 갑자기 나를 찾아온 하염없는 시간과 권태를 어떻게 버텨야 할지 몰랐다. 이 외로움이 고독을 넘어선 고립같이 느껴진다. 나는 과거를 돌아보지 않는 현재형 인간이라고 생각했는데, 만족스럽지 못한 현실과 막막한 미래 속에서 점점 과거에 눈을 돌린다.

그렇게 계속 내 머릿속에 떠오르곤 하는 과거는, 사랑하는 사람과 친구들이 옆에 있고 일로도 인정받고 경제적으로도 여유 있었던 시절이면서, 내가 계속 만족하지 못하고 도망치고 싶어 하던 시절이다. '일하던 시절'. 하염없이 펼쳐진 시간 속에, 이것이 진정 내가 바라고 다 좋을 거라고만 믿었던 삶인지 허탈함을 느낀다.

이런 생각들에 좌절할 즈음, 일을 하면서도 종종 떠올리며 그리워했던 '학생의 삶'에 가닿으면 조금 위안이 된다. 그때 나는 배우고 싶어 했고, 책을 읽었고, 글을 썼고, 심각한 영화를 잔뜩 봤다. 도스토옙스키나 톨스토이, 막심

고리키 같은 러시아 작가들의 심각한 문학을 읽었고, 철학자 입문서들을 접했으며, 프랑수아즈 사강이나 전혜린의 책을 읽으며 유럽을 꿈꿨다. 온갖 심각한 영화들을 봤고, 간간이 싸이월드에 감상평들을 쓰곤 했다. 많은 글들이 다시 읽기 부끄럽지만 몇몇 글들은 지금도 써먹을 수 있겠다 싶다.

나는 이런 자극을 좋아했다. 새로운 걸 배우는 것도 좋아했고, 나에게 자극을 주는 영화나 책에 빠져들었다. 편견이나 감정적 허들이 없고 귀찮음도 없이 무엇이든 다 흡수하던 시기. 그것이 (물론 조금은 미화되었을) 내 학생 시절이었지.

다시 마음의 빗장을 열고 글 쓰는 삶을 마주한다. 다시 도서관에 가서 책을 읽고, 프랑스어를 배우고, 새로 배울 전공 서적을 뒤적여보고, 어느 순간부터 쳐다보지도 않았던 어려운 예술영화나 사회학 서적도 보는 삶을. 스물일곱, 또다시 '학생'의 삶을 산다.

Capture 2.

프랑스 일상 속 단상

일하지 않는 나라

1.

프랑스에 도착한 지 4주, 한국인이 나 빼고는 단 한 명도 없는 듯한 프랑스의 서남부 도시 후아이양(Royan)에서 생활한 지 3주. 지금 나에게, 프랑스를 설명해보라고 한다면, 그건 '일하지 않는 나라'다. 이 생각은 프랑스인 친구를 만나면서부터 시작됐다.

중국에서 교환학생으로 있을 무렵부터 친했던 알렉스. 언제나 사람들을 이끌고 파티를 벌이고 기숙사 방에 초대해 영화 모임을 하고 함께 가는 여행을 계획했던 친구다. 2009년 서로의 나라에 돌아가 2010년 일본에서 짧게 재회한 후, 근 4년 동안 우리는 페이스북으로 가끔 연락을 이어갔다. 프랑스에서 공부하고 싶다고 말하는 날 누구보다 응원했던 친구고, 그 결정이 내려졌을 때 가장 먼저 알렸던 친구다.

프랑스에 도착하던 날은 5월 27일 화요일. 데리러

오겠다는 말에 평일이라 부담스러우면 나오지 않아도 된다고
했더니, 친구의 대답은 이랬다. "너 온다고 일주일 휴가 썼어."

　목요일이 법정공휴일일 경우, 토요일부턴 쉬니까
금요일도 쉰다. 그래서 월, 화, 수에 휴가를 썼다는 게 그의
설명이었다. 물론 7월 말부터 8월까지는 4주간의 여름휴가는
별도다.

　결국 그의 휴가로, 누구보다 여유롭게 우리는 함께
몽마르트르 언덕을 함께 걸었고, 그와 그의 아내가 만든
맛있는 음식을 맛볼 수도 있었고, 그의 세 살짜리 딸과 함께
센 강을 거닐 수도 있었다. 그렇게 여유롭게 파리를
즐길 수 있었던 건, 하루에 30유로씩 하는 파리의 민박비를
감당하지 않아도 되는 데다가 아침부터 저녁까지 빡빡한
관광 코스를 짜지 않았던 것도 있었지만, 친구의 여유로움에
나도 덩달아 마음이 무척이나 편해져 버렸기 때문이다.

　알렉스와의 여유로운 일주일이 지나고 어학원을 등록
해놓은 도시 후아이양으로 이동했다. 가는 길은 메트로
파업으로 매우 험난했다. 알렉스의 집이 있는 파리의 외곽,
슈아지르후아(Choisy-le-roi)에서 운행하는 RER가 파업으로
멈춰버려 파리로 나가기까지 버스를 두 번이나 갈아타야
했다. 알렉스와 그의 부인 엠마가 내 캐리어와 이민
가방을 들고 몽바르나스 승강장까지 열심히 뛰어서야 겨우
후아이양행 기차를 탈 수 있었다. 이것이 프랑스에서의
첫 파업 경험이었다.

　후아이양. 나는 이 도시가 부산 정도일 줄 알았지,

땅끝마을 해남 같은 느낌일 줄 몰랐다. 느릿느릿 걷다 보면
한 시간 만에 도심(Centre-ville) 끝에서 끝까지 갈 수
있는 도시. 예쁜 해변이 있어서 여름에 관광객들이 몰리고,
은퇴한 할머니 할아버지가 많이 살고 있는 도시. 한국에서의
시간이 초 단위로 흘렀고 파리에서의 시간이 분 단위로
흘렀다면, 여기선 월 단위로 시간이 흐르는 느낌. 마트에서
한참이나 내 차례를 기다려도, 앞에서는 할머니 할아버지가
종업원과 두런두런 느긋하게 이야기를 나누는 풍경.
하지만 누구도 불쾌해하며 시계를 쳐다보거나 빨리하기를
종용하지 않는다.

　　마트에서 가장 분주함이 느껴지는 시각은 문 닫기
10분 전이다. 곧 문을 닫으니 얼른 나가라고 세상 부지런하게
알린다. 점심시간에도 문을 닫고(무려 12시 30부터
15시까지), 일요일은 오후 1시에 마감한다. 후아이양
시내에서 가장 큰 마트인데 세 번 가면 두 번은 닫힌 문을
허탈하게 바라보는 일들이 많아 백팩에 물과 식자재, 와인을
쑤셔 넣고 자전거를 타고 낑낑대며 돌아오곤 한다. 일은
일찍 마치는데 여름의 프랑스는 해가 너무 길어서,
1년 중 낮이 가장 긴 하지에는 밤 10시가 넘어도 훤하기만
했다. 다섯 시가 안 된 시각에 어학원을 마치고 나면,
나는 방구석에서 와인을 홀짝이며 밤새 문을 여는
편의점이며 다 함께 어울려 자주 찾던 카페나 노래방을
떠올렸다.

2.

후아이양에 에스토피아에서 교환학생으로 있던 아는 동생이
놀러 왔다. 드디어 이 작은 도시에도 한국인이 나 말고
한 명 더 생기는 거다. 드디어 한국어로 얘기할 수 있어!

친구가 도착하기로 한 시각에 역으로 갔는데 역에는
들어오는 열차도, 출발하는 열차도 없이 휑했다. 알림판에는
오후 4시 40분에 도착 예정이었던 열차가 5시 20분에
도착한다고 나와 있었다. 5시 30분경, 역 앞에 웬 버스가
도착했고 동생은 거기서 내렸다.

그렇다. 그건 6월 21일까지 11일째 계속되고 있는
프랑스 철도노조의 파업 때문이었다. 파리에서 출발한 친구는
후아이양과 가장 가깝게 고속열차 TGV가 연결된 니옷
(Nirot)까지 TGV를 타고 왔고, 니옷에서 후아이양까지
연결하는 기차 TER이 운행하지 않아 3시간 넘게 버스를
타고 온 것이다. 다행히 파리와 큰 도시들을 이어주는
TGV는 70, 80%가량 정상 운행하고 있지만, 작은 도시를
오가는 TER은 운행을 멈추었다. 이것이 내가 겪은 두 번째
프랑스 파업.

그렇게 힘들게 온 동생과 근처 도시에 있는 동물원에
가려고 관광안내소에 들러서 가는 방법을 물었더니, 돌아온
대답에 우리는 다시 한번 좌절을 금치 못했다. 내일은
일요일이라서 버스 운행하지 않는다고 했다. 아무리 일요일
이라도 어떻게 도시의 유일한 교통수단인 버스가 운행을

하지 않을 수가 있는 거냐고 따져 묻고 싶었건만, 분명 어깨를
으쓱하고 말겠지.

결국 나는 내 자전거를 타고, 동생은 자전거를 빌려서
호기롭게 출발했다. 해안 따라서 가면 되지 뭐. 하지만
자전거를 타고 가는 데만 두 시간, 오는 데만 한 시간 반
걸렸다. 출발한 지 한 시간쯤 됐을 때는 엉덩이가 너무 아파
길거리에 털썩 주저앉아서 진지하게 지금이라도 돌아가는
게 좋지 않을까 고민했다. 가는 길에 워낙 진을 빼서
무슨 정신으로 동물원을 돌아봤는지도 모르겠다. 그래도
낚시꾼들이 야영하곤 했던 집들을 구경하며 자전거를 타던
그 광경은 잊지 못하겠다.

그렇게 힘들게 후아이양에 와서 고생한 동생은
더 힘들게 귀갓길을 밟아야 했다. 동생은 다음 여행지인
스트라스부르로 이동하는 날을 하루 미루기로 해 기차역으로
갔는데, 역에 직원도 사람도 한 명도 없는 풍경에 불안이
급습했다. 파업이 계속되고 있었던 거다. 유일하게 역에서
우리를 반기는 자동 표 발매기 앞에서 스트라스부르행 표를
샀다. 떠나는 날, 석연찮은 작별 인사를 한 동생은 역으로
출발했다 곧 다시 돌아왔다. 기차가 없어 다음날 떠나게
됐다며.

그래, 프랑스는 그런 나라다. 주당 서른다섯시간을
일하는 나라. 일 년에 5주의 유급휴가를 받는 나라.
점심시간이 한 시간 반에서 두 시간인 나라, 파업이 밥
먹듯 일상화된 나라. 수업 시간에 각 나라의 휴가에 대해서

이야기하다가, 나는 일할 때 일 년에 2주 정도의 휴가를
받았었다고 설명하자, 프랑스어 선생님은 "오, 일 년에 2주!
프랑스는 분명 파업이 일어날 거야!"라고 말했다.

점점 그 느림에 적응하며 급할 것 없이 생활하고 있다.
하고 싶었던 공부도 하고, 책도 읽고, 해변에 나가 오랫동안
광합성을 하고 있기도 한다. '일해야 한다'거나 '미래를
준비해야 한다'는 지나친 강박감이 누구에게서도 느껴지지
않고, 그렇게 말하는 이도 없는 도시. 언제나 할 일의
더미에 허덕이던 한국인으로는 이 넘쳐나는 여유가 너무
값진 한 켠, 분에 넘쳐 무엇을 해야 할지 몰라 허한 마음이
들기도 한다.

프랑수아즈 아르디 노래를 들으며

시 수업에서 각자 어떤 '테마'에 대해서 본인이 쓴 시를
포함한 시나 노래를 묶어서 내고, 그것을 상징할 수 있는
'물건(오브제)'를 만들어 오라는 과제가 주어졌다. 나는 아는
동생과 함께 '외로움'을 주제로 시를 모았고, 그걸 가사집
형태로 정리해 CD 케이스를 만들어 제출했다. 나는 이 과제를
하면서 프랑수아즈 아르디의 〈Tous les garcons et les filles〉를
계속해서 들었다. "길 위에 있는 모든 내 또래 남자아이들과
여자아이들은 둘이 걸어간다. 사랑에 빠져서, 내일에
대한 두려움 없이. 그런데 누구도 내 귀에 '널 좋아해'라고
속삭여주지 않는 나는, 이 길에 혼자 있다."라는 가사의
노래를.

　　프랑수아즈 아르디나 샤를르 트레네 같은 옛날 노래들은
지금 들어도 하나도 촌스럽지 않다. 영화 〈몽상가들〉이
오마주한 프랑수아 트뤼포의 〈줄 앤 짐〉의 한 장면,
세 주인공이 엄숙한 루브르를 달려 경찰들을 빠져나가면서
보여준 청춘과 자유는 언제봐도 가슴 뛰듯이.

싼 와인을 사서 계피와 정향, 각종 과일을 넣고 뱅쇼를 푹 끓인다. 주변의 그리운 사람들과 날 새는 줄도 모르고 마셔대는 술도, 넉넉한 경제 사정도 없지만, 이런 순간에는 내가 프랑스에 와 있구나 하는 생각이 든다. 뱅쇼의 향을 들이마시며, 티볼리 라디오가 뽑아낸 빈티지한 음색으로 오래된 샹송들을 듣는 밤.

이런 '프랑스적'인 걸 한다는 나른한 황홀함이 좋다. 치열하던 오늘과 불안하게 내달려야 하는 내일도 없는 삶. 하루를 아무리 천천히 살아도, 무언가를 끝없이 생각해도 이 시간은 마법에 걸린 듯 멈춰서 줄어들 생각을 하지 않는다. 평화로움과 멜랑꼴리를 동반한 마음은 두둥실 작은 기숙사 방을 떠다닌다.

프랑스의 이 느린 시간 속에 사는 프랑스 사람들은 그래서 1900년대 정도는 정말 '최근'이라고 생각하는 것 같다. 백 년 전 신문을 벼룩시장에서 삼천 원으로 살 수 있고, 중세의 흔적을 도시 곳곳에 간직하고 있는 곳도 많다. 깊은 역사는 멀지 않은 삶 속에서 느낄 수 있다. 켜켜이 쌓인 세월은 자식에서 자식으로 전해지고 그 속엔 이야기가 딸려온다. 영국인이 바캉스로 프랑스 해변을 놀러 오기 시작한 시절, 가축 농장을 호텔로 개조해 프랑스 농부들이 돈을 벌기 시작했다는 이야기 같은 것들.

그리고 그들은 나무를 심는다. 무릎 정도 묘목을 미래의 후손들을 위해 심는다. 그들은 묘목이 자란 어떤 때에 이 땅에 발을 딛고 살 아들과 손자들의 세대를 생각한다.

대체에너지로 난방을 하도록 개조하고, 전기자동차를 탄다.

느림이 주는 긴 호흡이 이럴 때는 참 멋지다. 오래된 것이 낡은 것으로 치부되지 않고 클래식으로 받아들여진다는 것이. 내 뒤에 올, 지금은 너무 작은 존재들을 생각하는 마음이.

파리에서 집 구하기

아침에 일어나 커피를 내리고, 좀비처럼 컴퓨터 앞에
앉아 한국 커뮤니티는 물론 프랑스, 중국 사이트까지 죄다
뒤진다. 그러다 보면 가격이 합리적이고 학교가 가까우면서도
위험하지 않고 거주기간도 맞는 데다 가구까지 갖춘
집을 발견하고, 그때부터 메일과 전화를 이용해 집주인에게
절절한 구애를 한다. 그러나 대개 10개의 메일에 하나의
답이 올까 말까 하는 상황에다, 얼른 예약하기 위해서
보증금을 입금하라는 사기는 판을 치며, 외국인에게는 집을
안 빌려준다는 답변을 받을 땐 진짜 힘이 축 빠진다.
한국에서 집을 볼 땐 광각으로 찍은 사진에 속아 실망감에
발걸음을 돌리게 된다면, 파리는 집을 보는 기회조차 얻기가
쉽지 않다.

　　그도 그럴 것이 집을 얻기 위해서는 '보증인'이
필요한데, 혈혈단신 도착한 프랑스에서 본인의 재직 증명서와
3개월 치 월급명세서를 선뜻 내주며 기꺼이 보증을 서줄
사람을 찾기란 쉽지 않기 때문이다. 그래서 유학생들이 집을

구하는 루트는 보통 프랑스의 온라인 한인 커뮤니티 프랑스존이나 다양한 프랑스의 부동산 직거래 사이트가 된다. 유학생 중에는 이런 집을 구하는 사이트에 장문의 편지를 연애편지보다 절절하게 써서 집을 구했다는 사람, 정부지원금을 받지 못하는 집의 방 한 칸이라도 운 좋게 구한 사람, 엘리베이터와 에어컨이 없는 방에 겨우 거처를 마련한 사람 저마다 사연이 없는 사람이 없다.

겨우 집을 보여준다는 사람의 연락을 받고 실제로 집을 방문하다 보면, 6평도 안 되는 방에 가림막도 커튼도 없이 변기가 떡하니 놓여있질 않나, 조금 괜찮은 방은 월세 백만 원을 훌쩍 넘기는 데다 보조금 신청 안 됨, 1인 거주 원칙 같은 조건들이 붙어 실제로 돈이 돈값을 못하는 상황도 허다하다. 가끔 집도 마음에 들고 가격도 합리적인 곳을 찾아 너무 마음에 든다고 하노라면, 집주인은 당신의 뜻은 잘 알겠지만 나는 30명의 후보자를 다 만나보고 결정하겠다며 단호하게 말한다.

넓디넓게 팽창하는 한국 도시와는 달리 실제로 서울의 세 개의 구 정도의 면적밖에 되지 않는 파리엔, 고층 건물도 발견하기 힘들고 파리 중심으로 갈수록 낡고 오래된 건물들이 즐비해 있다. 이런 곳에서 내 몸 하나 누일 곳을 찾는 것은 생각보다 쉽지 않다. 왜 다들 파리가 거주지원금 준다는 말만 하고, 이렇게 집 구하기 힘들다는 말은 안 한 걸까.

파리에서 집을 구하면서 발견한 특이한 점 중의 하나는 시내에 있는 한 건물 안에 너무도 다양한 형태의 거주 공간이

따로 마련돼있다는 거다. 한국에서는 한 브랜드의 아파트가
모두 기본적으로 같은 인테리어를 제공한다. 반면, 파리의
건물은 한쪽으로는 으리으리한 대리석 계단과 엘리베이터가
있는 유럽 영화 속 집들이 있는가 하면, 다른 한쪽은 좁고
가파르며 삐걱삐걱 소리가 나는 나무계단에 엘리베이터 없이
6~7층까지 걸어가야 하는 '하녀 방'으로 따로 나뉘어있다.
이런 방들은 좁은 원룸에 화장실이 복도에 있는 경우도
많다(물론 내가 집을 보러 간 쪽은 후자다). 그러니까 파리
아파트는 그 안에 당도하기까지 어떤 집을 만나게 될지 전혀
상상할 수 없다.

　　그런 파리에도 부촌과 빈민가는 나누어지게 마련인데,
파리의 북쪽 18~20구는 피하는 게 상책이라고들 말한다.
내가 다닐 대학이 있는 파리 외곽의 도시 생드니(Saint-Denis)
역시 '아랍인과 흑인들이 너무 많다'며 피할 것을 종용한다.
따지고 보면 나도 이곳에서 집 없어 서러운 이방인인데
그런 인종차별적 선입견을 갖는다는 게 아이러니하긴 하다.
하지만 그렇다고 그런 고정관념을 깨기 위해서 혈혈단신
위험 지역에 살면서 속으론 벌벌 떠는 투사가 되고 싶진 않은
마음도 있다.

　　실제로 내가 단기 임대를 얻었던 7호선 한쪽 끝에 위치한
빌쥬이프(Villejuif)는, 집으로 오는 길에 싸함이 느껴진다.
파리의 자랑인 오스만 건축 양식은 찾을 수 없고 낮은 층수의
아파트들이 세워져 있는데, 여기에는 대부분 유색인종들이
살고 있다. 이곳에서 현대식 아파트는 가난의 상징이다.

나는 이곳에 살던 당시 해가 지기 전에 돌아오거나 아니면
친구의 집에 아침까지 있곤 했다. 내가 한국에 간 사이
단기임대로 내 방을 쓰던 한국인이 집에 오는 길에 강도에게
돈과 핸드폰을 빼앗긴 일이, 내 마음속에서 떠나질 않았던
까닭이다.

　　한정된 조건 안에서 좋은 집을 구하려고 아등바등하다
보면 자본의 힘을 실감한다. 돈 있는 자들의 세상은 정말
수월하겠구나 싶은 생각부터 시작해서, 로또 한 방이면 내가
가진 거의 모든 고민이 해결될 것만 같다. 그러나 우리는
가난하고 미래도 불투명하며, 돈에 대한 고민을 원죄처럼
안고 살고 있다. 뮤지션 김일두의 노래처럼, 돈 없이는 자유를
말할 수 없는 걸까. 그냥 언제 죽을지 모르니까 통장에
돈을 모으지 말까.*

---

*　　김일두의 노래 〈답〉('이곳에선 돈 없이 자유로울 수가 없네요.
　　돈 없이 자유를 떠벌리지 마세요'), 〈No job No truth〉('I can not save
　　money I don't know when I die')의 가사.

파 리 의 노 숙 자

프라하를 여행할 때의 일이었다. 당시 남자친구는 무릎을
꿇고 얼굴도 들지 않고 구걸하는 노숙자와 개수대에서
물을 잔뜩 받아 대형 비눗방울을 만드는 노숙자들을 보며,
"여기 노숙자는 비눗방울도 만드네."라고 말했다.

　생각해보면 파리의 노숙자만큼 특이한 노숙자들도 없다.
정해진 집이 없는 사람들(Sans Domicile Fixe)이라 불리는
프랑스의 노숙자는, 지하철에서도, 길거리에서도, 비를 피할
수 있는 다리 밑에서도, 슈퍼마켓 앞에서도 볼 수 있다.
그들은 좀체 고개를 숙이는 일이 없다. 오히려 지하철에서
당신들은 따뜻한 집과 맛있는 밥을 먹을 수 있지 않느냐,
나는 그렇지 않다며 레스토랑에서 밥을 사 먹을 수 있는 식사
바우처 티켓이나 동전을 달라고 아주 당당하게 요구한다.
꼭 맡겨놓은 사람처럼 이야기한다는 게 특징이다.

　하루는 지하철 안에서 만난 노숙자에게 한 여자가
식사 바우처 티켓을 줬는데, 노숙자는 고맙다는 말과 함께 한
장 더 달라는 말도 잊지 않았고, 그렇게 10유로 상당의 티켓

두 장을 받아 가는 걸 목격한 적도 있었다.

집 앞의 자주 가는 카페 앞에 자리를 잡은 노숙자도 있다. 그는 루마니아에서 와서 아이까지 낳았다고 한다. 카페에 있는 사람들에게 몇 상팀의 동전을 요구하기도 하고, 바로 옆 담뱃가게에서 나오는 사람들에게 담배를 달라고 하기도 한다(알다시피 유럽의 담배는 비싸다). 자신의 카페 앞에 담요 하나를 덮고 앉아있는 노숙자를 주인은 쫓아내지 않고, 가끔 그가 오픈 시간 테이블 설치를 도와주면 커피를 한 잔 내려준다. 하루는 카페에 앉아있다 다섯 살 남짓한 여자애와 엄마가 그 노숙자 앞을 지나가는 걸 봤는데, 엄마는 노숙자에게 살갑게 인사를 건넸고 그는 인사와 함께 아이의 손과 뺨을 만지며 반가움을 표시했다.

또 한 친구는, 다른 친구 집에 놀러 갔다 아파트 복도에 자리 잡은 노숙자에게 여기서 뭐 하시냐고 했다가, "여기가 니 꺼냐"는 반문에 고작, "아, 여기도 저의 집이 아니"라는 말밖에 할 수 없었다고 한다. 나도 사실은 여기서 안락하고 스윗한 홈이 없는 것 아닌가. 파리의 노숙자와 나는 비슷한 처지였지만 그럼에도 그들은 나에게 없는 걸 가지고 있었다. 어떤 당당함 같은 것. 존재에도 도리나 자격이 필수적인 아시아인으로서는 그 태도들에 입이 떡 벌어질 수밖에.

파리의 노숙자들은 가진 게 없어도 당당히 자신의 몫을 요구하는 지역 사회의 일원이다. 난민 수용과 이민자의 역사가 그만큼 길기 때문일지도 모르겠다. 레오 카락스의 영화 〈퐁네프의 연인들〉이나 피오나 고든, 도미니크 아벨의

〈로스트 인 파리〉에서는 다리 밑에 사는 노숙자들의 삶과 사랑도 아름답다고 얘기하는 반면, 한국의 노숙자들은 제대로 된 집을 얻기 위해서는 누군가를 죽여야 하는 존재(영화 〈숨바꼭질〉)나, 거리에 있었기 때문에 사회의 해악을 가장 먼저, 적나라하게 입게 되는 존재(영화 〈서울역〉)로 그려진다. 파리가 그려내는 노숙자에 대한 이미지는 언뜻 파리 그 자체처럼 보이기도 한다. 아름다운 밤의 센강에서 자유와 낭만(만)을 가지고 춤추고 어글리함을 표현하는 존재들. 낮에 추한 존재들은 밤에 파리의 불빛과 함께 반짝반짝 빛난다. 비록 그것이 낭만만을 담은 시선일지라도, 그것이 파리에 환상을 만드는 것일지라도, 이 부분에서 만큼은 파리가 다른 사회보다 조금 숨 쉴 만하다고 느껴진다.

프랑스 화장실에 대한 생각들

프랑스의 가정 화장실

프랑스의 가정 화장실은 샤워 및 세면을 위한 욕실(salle de bain)과 변기가 놓인 화장실(toilettes)이 분리되어 있다. 소변 또는 대변을 보고서 왜 다시 욕실로 들어가 손을 씻어야 하는지 처음에는 이해하지 못했지만, 프랑스 집의 일반적인 구조를 보면 다 그런 식이다.

　　프랑스의 집은 현관에 들어서면 기다랗게 복도가 이어진다. 거실조차 하나의 방 개념으로 되어있다. 한국처럼 넓은 거실 개념이 아니라 응접실 같은 개념이랄까. 손님들은 대개 응접실에 머물며, 집주인에게 다른 방을 소개받거나 둘러보는 일이 없다. 주방에 들어가 오지랖을 부리며 요리하는 걸 도와주거나 설거지를 하는 것도 예의에 다소 어긋나는 일이다. 그런 공간은 사적인 공간이므로 손님에게는 응접실이라는 공간만이 허용된다. 응접실을 포함해서 모든 나누어진 공간을 하나의 '방(piece)'로 세는데, 그렇기

때문에 방이 두 개라고 해도 대개는 좁은 거실과 하나의
침실인 경우가 대부분이다. 이렇게 모든 공간이 사적이고
기능적으로 나누어져 있어서, 화장실도 욕실과 변기를 나누어
놓은 걸까. 똥 쌀 사람은 싸고 샤워할 사람은 샤워하는,
실용주의의 단면인 걸까.

반면 한국의 넓은 거실은 비록 모두가 자신의 방에
틀어박혀 가족과의 대화를 점점 잃어가는 세태에도 불구하고,
가족 모두를 위한 공간이다. 각자의 방으로 들어가기
전 우리는 거실에서 가족 중 누군가와 마주치게 되며, 거실에
있는 TV의 채널권을 얻기 위해 가족들 누군가와 싸운 적이
있으며, 거실을 지키고 있는 자는 누가 방에 있고 누가
집에 없는지 집안 전체를 조망할 수 있다. 물론 가족이 남기고
간 배변 냄새를 맡으며 샤워하기도 하는 등 가족과 공동으로
사용하는 공간에 따른 불쾌감도 포함된다.

프랑스의 공공 화장실

겪어본 사람은 알겠지만, 한국인으로는 참을 수 없는
화장실이 많다. 거의 50대 50의 비율로 변기 커버가 있는
화장실과 없는 화장실을 공공의 공간에서 마주하게 된다.
쇼핑몰과 회의장, 고급 레스토랑의 화장실은 변기 커버도
있고 깨끗하지만, 저렴한 레스토랑이나 술집, 따박 커피숍
(담배도 팔면서 커피를 파는 동네 카페), 특히 대학의
화장실에서는 변기 커버를 발견하기 힘들다. 양변기 전체를

덮는. 커버는 물론이거니와 남자라면 소변이 튈까 올리고
싸는 그 덮개까지도 말이다. 스트라스부르에 사는 언니는
영리하게도 학교에 화장실 환경 개선을 요구했고, 화장실
커버를 달겠다는 공략을 내걸어 유학생 대표가 됐다고 한다.

어느새 나는 양변기에 내려가지 않고 남아있는
휴지를 보고서도 아무렇지 않아졌다. 커버가 없는 변기에
묻은 찝찝한 액체들을 휴지 뭉치로 닦아내고 거기에
닿지 않으려 다리에 힘을 주고 소변을 보는 일이 익숙해진
것처럼 말이다.

페인트칠이 된 화장실 문에는 화이트나 매직으로
'대학이 나를 죽인다'는 저항의 발언부터 'LM♡JP' 같은 만국
공통의 낙서, '신은 죽었다' 같은 니체의 말, 거기에 달린 댓글과
대댓글이 가득하다. 정말이지 조금도 더 머물고 싶어지지
않는 화장실 안에서 이런 걸 쓰고 있다니. '아름다운
사람은 머문 자리도 아름답다' 같은 문구는 머물 자리가 없다.

왜 공중화장실의 변기 커버와 덮개가 사라졌을까.
거기에는 파리의 늦은 밤, 길거리를 배회하는 술 취한
사람들의 만행이라는 해석과 커버와 덮개를 빼가서 판매하는
사람이 있다는 썰이 있다. 화장실을 포함한 시설들과 건물들의
노후는 프랑스의 느린 행정과 일 처리의 결과일지도 모르겠다.

그럼에도 불구하고 화장실이라는 가장 원초적이고
본능적인 공간에서 한국은 '깨끗한 화장실'이라는 기치를 아주
잘 따르고, 더러움이나 불편함-나아가서는 추하고 불완전한
것-에 대해 지나치게 인색한 태도를 보이는 건 아닐까.

기타

1. 프랑스에 와서 나는 남자 화장실에 들어가는 게
   아무렇지 않게 됐다. 물론 (거의 없는 경우긴 하지만)
   여자 화장실에 들어오는 남자도 무조건 변태 취급하지
   않게 되었다.

2. 유럽의 화장실은 비싸다. 야외 화장실을 가는데
   천 원이나 내야 한다니. 공원이나 벼룩시장에서 몇백
   미터나 떨어진 화장실에 겨우 도착하면 그나마 관리인이
   있는 깨끗한 화장실을 만날 수 있다. 큰 지하철역이나
   길거리 옆 자동으로 돈을 넣고 들어갈 수 있는 공공
   화장실은 문이 안 열리는 곳도 많고 바닥에 물이 다 새서
   들어갈 수 없는 경우도 있으며, 바닥에 휴지로 가득한
   곳도 있었다. 그나마 공짜로 이용할 수 있는 화장실은
   영수증에 적힌 코드를 요구하지 않는 맥도날드나
   스타벅스의 화장실, 큰 쇼핑몰의 화장실이다. 심지어
   영화관 화장실마저도 상영관 안에 있다.

   한번은 룩상부르그 공원에 친구들과 피크닉 갔다
   도란도란 나눠마신 와인 때문에, 세 명 모두 합쳐 와인
   값만큼의 화장실 이용비를 냈다. 샹젤리제 거리의 크리스마스
   마켓에서 아침부터 밤까지 아르바이트를 때에는 점심은
   제공이냐고 묻는 것만큼이나 화장실 비가 제공되는지 묻고
   싶었다.

이런 탓에 집을 나서기 전에는 무조건 볼일을 보게 되고, 지하철역에서는 절대로 익숙해질 것 같지 않은 소변 냄새를 자주 맡게 된다. 시중이 항상 개인 변기를 대령했기에 베르사유 궁전에 화장실을 짓지 않았다던 루이 14세의 모습이, 자유 평등 형평을 이야기하는 현재 프랑스에서 보이는 건 지나친 비약이 아니었으면 한다. 궁전과 정원 곳곳에서 볼일을 봤던 건 루이 14세나 개인 변기를 가진 귀족이 아니라, 지하철 어딘가에 서서 볼 일을 해결하는 가난한 이들일 터이니.

$$4 \times 20 + 16 = 96$$

프랑스에서 유학했다고 하면 종종 듣는 이야기 중 하나는
'프랑스어 어렵지 않아요?'다. 사실 어떤 언어든 하나의
언어를 익힌다는 것이 쉬운 일은 아니지만 왠지 프랑스어는
더 악명이 높은 것 같다. 프렌치 로맨틱 샹송을 들으면서
가슴 뛰던 프랑스어에 대한 환상은 프랑스어를 배우면서
조금씩 바사삭 깨어진 건 사실이다. 발음이 예뻐서, 억양이
좋아서 가졌던 흥미와 함께.

　　프랑스어의 일차 장벽은 아마 동사 변화(conjugaison)
일 것이다. '존재'를 나타내는 동사, 'être'(be 동사)는 가장 먼저
배우게 된다. 봉쥬르 다음엔(안부를 묻는 파트를 건너뛰고)
Je suis Coréenne. '저는 한국 (여자) 사람이예요'라는
말을 배우면서 시작하게 되니까. être는 '1인칭' '현재형'
'직설법' '단수'일 때 suis로 변화한다. '현재형' 동사만 해도
1인칭 단수, 2인칭 단수, 3인칭 단수, 1인칭 복수, 2인칭 복수,
3인칭 복수 6개를 익혀야 하고, 시제는 현재, 반과거,
단순 과거, 복합 과거, 대과거, 미래, 전미래의 갈래로,

서법은 직설법, 조건법, 접속법의 갈래로 나뉜다. 6개의
인칭에는 총 15개의 시제가 붙어 90개의 다른 동사변화가
생긴다. 그래서 프랑스어 사전 중에는 동사 변화만 실려있는
별도의 사전이 있다.

　　두 번째 장벽을 나는 남성과 여성으로 나뉜 명사라고
감히 주장해본다. 'Coréenne'(꼬레엔느)를 나는 한국 여성
사람이라고 앞서 말했던 것처럼, '중성 명사'는 남성형과
여성형이 다른데 대개는 끝에 -e가 붙는다. Coréen(꼬레앙)은
남자 사람을 뜻하고, 남자 사람 친구는 ami(아미), 여자 사람
친구는 amie(아미-발음은 같다)를 뜻하는 뜻하는 것처럼.
이 명사들은 앞에 붙는 관사 'un(e)'-그러니까 영어의 'a(n),
the'-를 결정하기 때문에 머릿속에 잘 입력해두어야 한다.

　　그런데 이런 명사들뿐 아니라, 우리가 일상적으로
접하는 모든 단어들에 남성형과 여성형이 정해져 있다.
설득력 있는 여성/남성 명사들도 있다. 엄마는 la mére
(라 메흐)고, 아빠는 le père(르 뻬흐) 니까. 그런데 도무지
왜 그런 건지 모르는 여성/남성 명사들도 있다. '세계'를
뜻하는 'le monde(르 몽드)'는 남성형이고, '행성'을 일컫는
'une planéte(윈 쁠레닛)은 여성형이다. 한때 펜을 뜻하는
stylo는 남성이고, 식탁을 뜻하는 table는 왜 여성인가
생각해본 적이 있지만, 이 언어를 배우면 배울수록 규칙이나
경향성이 있는 건 아니란 결론에 도달했다. '그냥 그런
거야.'라는 이 말은 언어는 불규칙적이며, 곧 외우거나
익숙해져야 한다는 뜻이다.

세 번째 장벽은, 삼 년을 프랑스에서 살고도 익숙
해지지 않았던 숫자. 마트 계산대에서 계산기 화면을 보지
않고 제대로 돈을 계산해내지 못했던 나 자신, 얼마나
부끄러웠던가. 물론 게으름이 만든 결과다. 당시 남자친구는
길거리에 주차된 모든 자동차들의 번호판을 읽으면서
프랑스어 숫자를 익혔다 했으니까.

그럼에도 불구하고(!) 프랑스어 숫자는 너무 어렵다.
20진법을 기본으로 구성된 프랑스어의 숫자는 영어처럼 11이
ten one이 아니라 eleven인 것 같이 dix un(10+1)이 아니라
onze다. 그런데 이 악명높은 20진법은 70을 셀 때부터
복잡함을 요하는데, 50까지는 영어처럼 51, 52라고 세다가
70을 셀 땐 갑자기 이십진법을 동원해 60+10 이라고
세기 시작한다. 71=60+11(soixante-onze), 75=60+15
(soixante-quanze)라고 읽는다. 절정은 80에서 100의
구간이다. 80은 4x20(quatre-vingt)으로 읽으니 96 같은
경우 4x20+16 (quatre-vingt-seize) 라고 읽어야 한다.
외국인들이 왜 한국 사람들은 일, 이, 삼, 사, 하나, 둘, 셋,
넷으로 읽는지 모르겠다고 하던데, 그게 이런 느낌일까.

이렇게 프랑스어 공부가 하기 귀찮았다고 길게
변명해본다. 전공과 화려한 해외 체류 경력이 무색하게, 나는
사실 언어 공부를 그다지 좋아하지 않는다. 사람들이
와아- 몇 개 국어를 하는 거야? 라고 물으면 나는 머쓱해져서
'모든 언어가 하향 평준화되어서 이제는 한국어만이라도
잘하려고 한다'고 대답하곤 한다. 이것은 겸손도 자신을

깎아내리는 말도 아니라, 진짜로 내 머릿속에 빠르게 증발되어
가는 언어들을 바라보는 내 솔직한 심정이며, 나에게
외국어를 시키지 않았으면 좋겠다는 완곡한 의사 표현이다.
나는 더 좋은 통역가와 번역가들이, 파파고 같이 성능 좋은
AI가 나왔으면 좋겠다(는 변명을 찾아본다).

행정 절차의 무한 루프

1.

한국에서 상상했던 프랑스의 행정은 나의 수혜에 초점이
맞춰져 있었다. 가령 모두에게 거의 무상인 학비와 월세의
일부를 지원해주는 알로까시옹(allocation)같은 제도.
학생이라면 모두가 지원받을 수 있는 의료보험제도나,
프랑스에 정착해서 아이를 낳아 키울 경우 받을 수 있는
지원금 등도. 물론 이 모든 제도는 '참'이다. 그런데 이
모든 혜택의 이면에, 프랑스의 행정 절차는 그냥 모든 걸
포기하고 집으로 돌아가고 싶게 만드는 일로 가득 차 있다.
    먼저 그 옛날 샴푸(랑데뷰) 이름으로도 유명한
항데부(Rendez-vous)는 흔히 만남 또는 그를 위한 예약을
뜻하는 단어로, 모든 행정 절차의 기본이 된다. 행정 업무를
위해 서류를 제출할 때도, 은행 계좌를 열 때도, 병원을
갈 때도 이 '예약'의 과정이 필요하다. 예약하는 게 어때서?
더 편한 거 아니야? 할 수 있겠지만, 이건 어떤 종류냐에

따라 하루, 이틀에서 길게는 서너 달을 기다려야 할 수 있다. 중요한 사안일수록 기다리는 시기가 길어진다. 감기가 심하게 걸려 의사를 찾아갈 경우 하루 이틀 정도, 은행 계좌를 열 때는 사나흘 정도, 치과같이 전문의를 만나기 위해서는 한 달 정도, 프랑스에서의 신분증이랄 수 있는 체류증을 받기 위해서는 적어도 한 달에서 세 달 정도가 소요된다.

체류증을 얻기까지의 지난한 과정을 떠올려본다. 우선 첫 번째 도시 후아이양에는 체류증 업무를 하는 경시청이 없기 때문에 인근 도시인 쁘와띠에로 가야 한다. 건강검진을 하러 1회, 임시체류증인 OFII 스티커를 받기 위해 1회 더. 보통 1년 미만의 어학연수나 교환학생은 이런 절차만 따르면 된다. 요즘은 인터넷으로도 된다고 하지만 당시에는 직접 가야만 했다.

이렇게 발급받은 임시체류증은 1년짜리라 대학원을 가기까지의 텀을 메꾸기 위해 나는 단기로 다시 어학원을 등록했다. 어학원 등록증을 갖고 임시체류증이 만료되기 3개월 전, 항데부를 잡았고 체류증 만료를 한 달 정도 앞둔 시점에 서류를 제출하러 갔다. 그때는 대학원에서 결과도 발표된 터라, 합격했다는 편지도 함께 들고 갔다. 경시청 직원은 서류를 보고 컴퓨터를 몇 번 두드리더니, 파리에 가서 다시 신청하라고 했다. 음. 그러니까 파리에 가서 체류증을 신청할 때까지 나는 합법적인 서류가 없는 거지?

불안한 마음을 가득 안고 파리(정확히는 파리의 외곽, 7호선 끝자락의 Villejuif)에 입성했다. 그래도 파리다.

한여름의 파리! 대학원 입학을 앞두고 마음이 잔뜩
부풀어있었고, 나는 다시 이 도시가 나를 향해 두 팔 벌려
환영하고 있다는 착각에 빠졌다. 하루 이틀 미루다가
느지막한 오후에 몸을 일으켜 그 당시 거주하던 지역의
경시청에 갔다. 경시청은 사람들이 가득 차 있어 앉을 곳도
찾기 힘들었다. 안내하는 곳은 없고 창구 너머 일하는
사람들 앞에는 서너 사람 정도가 줄을 서 있었다. 그중 아무
곳이나 일단 줄을 섰다. 앞의 서너 사람은 줄어들 생각도
하지 않고 한 시간을 넘게 꼬박 기다렸다. 드디어 마주한
직원은 "오늘은 업무가 다 찼으니 내일 다시 오라"고 했다.
아니, 난 그냥 항데부 날짜라도 받으러…. 내 말을 다
듣지도 않고 손가락으로 가리킨 곳에는 9시 이전에 오라는
안내문이 적혀있었다. 허탕이었다.

다음 날 여덟 시 반쯤 여유 있게 버스를 타고 경시청에
도착했는데, 사람들이 좀비라도 쫓아오는 것마냥 뛰어가고
있었다. 어, 어, 설마 나랑 같은 목적지에 가는 걸까…?
그렇다, 경시청 앞은 이미 사람들로 가득했다. 이미 경시청의
꼬불꼬불한 언덕길에 50명은 되어 보이는 사람들이
줄을 서 있었고, 아홉 시 반쯤 되자 나보다 조금 앞에서
'오늘은 여기까지만 접수받는다'는 안내판이 놓였다. 아홉 시
전에 오라는 말이 이런 말이었나요.

두 번의 허탕 후에 주변 사람에게 물어보니 파리
외곽의 경시청은 새벽부터 줄을 서야 한다고 했다. 한 오빠는
제일 먼저 가보자 싶은 마음에 오기로 다섯 시에 갔더니

그때도 누군가 기다리는 사람이 있었다 했다. 허탕을 치지 않기 위해 나는, 대학원 입학증과 거주 증명서, 은행 잔고 증명서를 꼼꼼히 챙겨서 메트로 첫차를 타고 경시청으로 갔다. 겨우 항데부 날짜를 받기 위해 이만한 서류를 다 준비해야 했다. 거주 증명서는 집주인에게서 받았고, 은행 잔고는 6개월 치 이상의 생활비가 있어야 했다. 여섯 시쯤 도착한 경시청에는, 내 앞에 네 명 정도가 서 있었다. (그나마 파리는 항데부 잡는 걸 인터넷으로 할 수 있다. 한 달에서 석 달을 기다려야 하는 건 마찬가지지만.) 항데부가 잡히고 나면, 그다음 과정은 사실 내 경우엔 어렵지 않았다. 그냥 준비한 서류를 다시 한번 제출하면 되었다. 그런데도 왜 하루가 꼬박 걸렸는지는 모르겠지만. 그래도 다행인 것이 운이 나쁘면 이 과정을 여러 번 반복하게 된다고 한다.

임시체류증 만료 3달 전인 2015년 2월, 첫 항데부를 신청해 이 모든 과정을 거쳐 내가 최종적으로 체류증을 손에 쥔 건 2015년 12월이었다. 석사과정이라 2년짜리 체류증이 발급됐기에 망정이지, 아니면 체류증을 받자마자 다시 갱신할 번했다.

2.

국립대학에 등록한 경우에는 학생 보험도 나오는데, 보통은 신청이 되면 피보험자 번호 같은 것이 우편으로 발급되고, 건강보험 카드 같은 건 1년 정도 걸려서 나온다. 나 같은 경우에는 이 보험 카드를 결국 손에 쥐어보지 못했다. 쁘와띠에에 카드가 나와 있다고 했는데, 내가 그걸 수령하지 못하고 파리로 와버린 것이다. 파리에서는 쁘와띠에로 문의하라는 말을 하고, 쁘와띠에에는 편지를 보내도 답이 없었다. 프랑스에 처음 도착했을 때 번호를 매겨가며 클리어 파일에 관리하던 모든 서류와 행정 양식은 어느새 에라, 모르겠다는 심정이 되었다. 뭐, 병원 안 가면 되지….

3.

은행 계좌와 거주 증명서가 있어야 체류증을 신청할 수 있고, 주택 보조금과 보험 카드도 신청할 수 있다. 그런데 이 과정에서 무엇 하나가 어긋나면 행정의 무한 루프에 빠지게 된다. 가령 거주 증명서를 끊어주지 않는 집에 사는 경우라면, 은행 계좌가 없으니 체류증을 신청할 수 없고 주택 보조금도 받을 수 없다. 그런데 집을 계약하려고 하면 은행 계좌가 있어야 하니 어디서든 살아야 한다는 증명이 필요하다. 다행히 나는 이 루프에 빠지진 않았지만 보험 카드는 끝끝내 손에 쥐지 못했고, 이 모든 서류와 자격을 다 갖추고 프랑스에 존재했던 적은 단 한 순간도 없는 것 같다.

4.

'시민을 위한 봉사' 같은 문구를 한 곳에 붙여놓고 민원

창구를 만들어놓은 대부분의 관공서는 물론 신고하면
달려오는 경찰관들은, 공무원이 시민을 위해 일한다는 느낌을
기본적으로 장착하게 만든다.

　　반면 프랑스 행정은 서비스와는 거리가 멀다. 핸드폰을
도둑맞은 후에 주변 경찰서를 찾았다가, 두세 군데에서
다른 곳으로 가라는 안내만 받고 헛걸음을 몇 번이나 해야
했다. 겨우 해당 경찰서를 찾아가서는 총을 들고 있는 경찰들
로부터 땅에 그어져 있는 선 밖에서 기다리라는 강압적인
요구를 들었다. 몸수색이 끝나고 싸늘한 공기가 감싸는
경찰서 한구석에 앉아서 내 차례를 기다렸다. 자초지종을
설명하니 10장이 넘는 서류를 들이밀면서, 이걸 모두
해결해야 내가 핸드폰을 잃어버린 패스트푸드점의 CCTV를
볼 수 있다고 했다. 결국, 나는 의료보험 카드를 포기한
것처럼 핸드폰을 포기해버렸다. CCTV를 돌려본다 해도
도둑을 찾을 수 있을 것 같지도 않고, 핸드폰 보험을 들지
않아 서류를 제출할 곳도 없었기 때문이다.

　　하루는 한 프랑스 친구가 메트로에서 소매치기를 죽일
듯 구타하던 경찰을 보고 경찰의 폭력성에 대해 이야기한
적이 있다. 프랑스의 시위 현장에서 경찰과 시위대의 충돌은
우리가 상상하는 것 이상이다. 경찰이 곤봉을 휘두르는
사진은 매번 등장하고, 시위대는 길에 세워져 있던 자동차며
우체통을 가만두질 못한다.

　　체류증 갱신이나 주택 보조금 같은 일에서도 프랑스
공무원들에게 친절한 태도를 기대하긴 힘들다. 친절은커녕

가져온 서류가 미비하다고 반려하는 일만 없어도 성공이니까. 이민자가 너무 많고 그에 따른 일이 너무 많아서 그런 걸까. 자동화된 시스템이 갖춰져 있지 않아서 그럴까. 그 많은 서류들을 우편으로 주고받으면서 요구하고 관리하는 체계가, 일사불란하게 돌아가지 않는 건 당연한 걸까. 답답함에 가슴을 치는 건, 나만큼 그 사람들도 그럴까.

　　한국에 온 지 얼마 되지 않아 파리로 출장을 간 적이 있었다. 파리에서 출국할 때 스탬프를 찍던 직원이

　　"너 곧 체류증 만류야"라고 알려줘서,

　　"응, 알아, 그치만 상관없어"라고 답했는데, 이상하게 이긴 기분이 들었다.

가난한 자가 가진 체념의 밀도

비싼 나라에 살다 보면 느껴지는 체감 물가가 있다.
이를테면 한국에서는 칠천 원을 주고 찌개 하나에 여섯 가지
반찬이 나오는 정식을 먹을 수 있다면, 파리에서는
만 원을 주고 맥도날드 빅맥 세트를 사 먹어야 하는 것처럼
말이다. 또는 태국에서는 삼천 원이면 먹었던 팟타이를
파리에서는 만 삼천 원을 주고 먹어야 하는 것과 같이. 괜찮은
프랑스식 식사는 30유로를 훌쩍 넘기는 데다, 와인까지
마시다 보면 감당할 수 없기 때문에 정말로 큰마음을 먹고
외식을 하게 된다. 우리나라는 한식이 제일 저렴한데,
프랑스는 프랑스 음식이 제일 비싸다.

　　파리에서는 이처럼 상대적으로 너무 높은 물가 때문에
돈 쓰는 재미 같은 걸 느끼지 못하고, 기껏해야 싼 식자재로
맛있는 음식을 해 먹는 걸 행복으로 여기며 살고 있다
(싸고 맛있는 와인도 포함이다). 그런 상대적인 물가 말고도
절대적인 물가가 비싸서 가난한 유학생은 물론 프랑스인들
역시 한 푼을 허투루 안 쓰는 모습을 지켜볼 수 있고, 점심

도시락을 준비하거나 간단한 즉석 음식을 먹는 풍경을 자주
보게 된다.

　가난한 사람을 위해 슈퍼마켓의 식료품은 저렴하지
않냐고, 소비주의로 물들지 않고 데이트로 공원 산책이나
피크닉을 선택하는 게 파리의 로망이지 않느냐고, 파리
레스토랑이 비싼 건 시급이 비싸서 그런 거라고 하는 말도
맞는 말이다. 그런데 그런 말속의 프랑스는, '평등'을 내 거는
프랑스는, 모두가 고루 풍족한 나라가 아니었던가. 단골
바에서 자주 보던 프랑스 친구는, 3유로짜리 하우스 와인을
시켜 먹던 나와 내 남자친구를 보며 "오, 와인 마셔?"
라고 놀리듯 말했다. 가난한 본인은 맥주를 먹는다며. 파인
다이닝에 대한 프랑스 보통 청년의 뿌리 깊은 비아냥이
생각보다 오랫동안 내 머릿속에 남았다. 내가 상상하던
프랑스라는 나라는 두꺼운 중산층을 가진 풍요로운 나라
였는데, 실상은 어째 내가 돈 많은 동양인 유학생이 된 것
같은 느낌이랄까.

　그 프랑스 친구에게서 나는 '가난한 자의 체념'을
읽었다. 나는 그 체념의 밀도가 우리나라와 다를지 궁금했다.
한국의 경우, 베이비붐 세대로 태어난 부모의 부가 빠른
속도로 우리에게 대물림되고 있는 건 맞지만, 우리 부모의
부모의 부가 (극히 일부를 제외하곤)우리 부모에게
대물림되지는 않았으니까. 한국은 1948년 공식으로 정부를
수립했고, 1950년부터 지독한 전쟁을 겪었다. 친일파
청산이 제대로 이루어지지 않았고 일제 강점기의 권력이

간헐적으로 이어지긴 했지만, 그 시기 우리 조부모는 평준화된 가난의 시대에 살았고, 부모 세대는 급격히 성장하는 대한민국에 몸을 실어 치열하게 살았으나 모두가 부를 이루어낸 것은 아니었다. 베이비붐 세대에 태어난 우리 부모 세대는 개인이 어떻게 사느냐, 어떤 선택을 하느냐에 따라서 삶이 천차만별이란 걸 누구보다 가까이서 목도한 게 아닐까. 우리는 그런 부모의 밑에서, 그래도 아직은 우리가 열심히 하면 이 사회에서 어떤 위치를 차지할 거라고 믿으면서 커왔던 게 아닐까.

그런데 그토록 느리게 변하는 프랑스 사회에서, 가난한 자는 언제부터 가난했을까. 젊은이들이 사회를 바꾸려 했던 68혁명 때일까? 프랑스 현대사가 시작되었던 2차 세계대전 후의 샤를 드골 시대일까? 아니면 그보다 앞선 프랑스 대혁명일까? 1789년 프랑스 대혁명 이후 한 번도 사회가 '리셋'된 적 없다면, 심지어 프랑스 대혁명을 돈을 가진 '부르주아' 계급이 권력마저 차지하기 위해 일으킨 거고, 그 전부터 부르주아 계급이 존재했던 거라면? 이 사회의 구조는 얼마나 견고하며, 그렇기 때문에 개인이 체감하는 체념의 밀도는 우리보다 얼마나 높을까?

이렇게 견고한 사회를 바꾸기 위해서, 프랑스의 시위대는 그토록 강하게 저항하는 걸까.

수상한 짐(colis suspect)

곧 도착 예정이던 지하철이 오지 않고, 방송이 흘러나온다.
"수상한 짐(colis suspect)가 발견되어 확인 중"이라고.
언제부턴가, 경찰들이 메트로 역을 돌아다니면서 휴지통 안,
개찰구 옆, 벤치 밑을 뒤진다. 수상한 짐이 발견되면 확인
전까지 메트로는 운영을 중단한다.

　　내가 파리에서 생활을 시작했던 2015년에는 테러
사건들이 유럽을 휩쓸었다. 1월에는 풍자 매거진《샤를리
앱도》본사를 급습해 12명이 사망하고 10명이 부상당한
테러 사건이 터졌다. 첫 학기를 앞두고는 파리 외곽의 경찰이
테러 공격을 당했다. 생드니 축구장과 바타클랑 공연장 등
파리 전역에서 동시다발적으로 일어나 130명이 사망한,
떠올리기도 싫은 끔찍한 테러 사건 역시 그해 11월 내가
파리에 있을 때 일어났다. 파리 한국영화제 뒤풀이 중에
이 일이 일어났는데, 하나둘 전화를 받은 친구들이 울기
시작했고, 그 소식을 전해 들은 우리는 함께 울었다. 집으로
쉽게 가지도 못하고 밖에 있을 수는 없어서, 늦게까지

열려있는 한국 식당에서 아침이 되기까지 기다렸다가 겨우 각자의 집으로 돌아갔다. 페이스북에는 오랜 친구들이 내 안부를 물었고 나는 안전하다고 알렸다. 다시 한번 그때의 피해자를 위해 기도를, 유가족들에게 위로를.

그 후 브뤼셀과 터키에서 테러 사건이 발생했고, 테러는 어느새 일상 속에 들어와 쇼핑몰 입구에서 가방을 검사하는 일이나 지하철역에 수상한 짐을 수색하는 일 같은 것이 일상화되었다. 피트니스 센터가 있는 쇼핑몰을 들어설 때, 나는 매일 같이 내 가방을 수색하는 사람에게 보여야 했고, 그들이 승인하고 나서야 쇼핑몰로 진입할 수 있었다. 학교에 들어설 때도 학교 입구에 들어선 학생들이 가방을 열어 내보여야 했다. 학교마저 안전하지 않았다. 이렇게 가방을 검사하는 건 '테러방지법'의 일환이었다. 프랑스만큼 시민의 자유를 우선시하는 나라에서, 이러한 테러방지법이 시행되고 있다는 것이 무척이나 낯설었다. 이때까지 내가 봐오던 프랑스의 자유는 이런 게 아니었으니까. 담배를 피할 자유만큼 담배를 피울 자유가 지켜지는 나라였으니까. 한국에서 담배를 피우면서 한 번이라도 멸시에 찬 눈빛을 받아본 적 있는 사람이라면, 프랑스는 천국같이 느껴질 것이다. 프랑스는 안전을 위해 CCTV를 설치하기보다 사생활 보호가 먼저 지켜져야 한다고 말하는 나라이기도 하다. 이런 프랑스에서 쇼핑몰 입구에서 가방을 열어 보여준다는 건 그만큼 상황이 심각하단 뜻이었다.

추모 이후에 프랑스 사람들이 일상으로 돌아가는

모습을 지켜봤다. 그렇게 일상으로 잘 복귀하는 게 테러범들을 이길 수 있는 태도라고, 한 프랑스인이 인터뷰에서 말했던 게 기억이 난다. 테러 사건만큼 명징하게 인종차별적으로 절대 악을 만들기 쉬운 방법도 없지만, 왠지 그런 태도는 프랑스 극우 정치가 마린 르펜의 것인 듯했다. 그래서 프랑스 사람들은 '해외 어딘가에 있을 절대 악'에 대한 공격에 찬성하는 것 같진 않았지만, 그런 태도를 가진 사람들조차 이웃에 사는 무슬림을 바라보는 눈빛에 무엇이 담겨있었을지는 나도 모르겠다.

"바디우는 '샤를리 에브도' 총격 사건을 자본주의와 갱 단원 스펙터클이 결합해 있는 '파시스트 범죄'라고 명명했다. 말하자면, 이번 사건은 이슬람의 과격성으로 인해 발생한 것이 아니라, 프랑스에 내재하고 있는 계급갈등을 통해 배양된 것이라는 뜻이다."*

* 이택광, 「테러범을 키운 것은 프랑스 자신이다」, 한겨레 기사에서 발췌. (http://www.hani.co.kr/arti/international/international_general/674532.html)

C'est pas mes affaires(It's not my business)

한때 나는 프랑스의 개인주의가 부러웠던 적이 있다. '남의
일에 왜 그렇게 관심이 많은 거야, 내 일로만 날 평가해주면
안 되는 거야?'하고 톡 쏘아붙일 준비를 항상 하고 살았다.
이를테면 유명 연예인에게 가해지는 과한 도덕성에
대한 부담감, 흠집이 없을 듯한 사람에게 표하는 집단적 존경,
업적이 아닌 개인의 사생활이나 일하는 태도가 중요한
평가의 요소로 작용하곤 하는 한국 사회에서 우리는 너무
눈치를 많이 보고 살고 있다고, 개성을 드러내고 사는 게
불가능하며 인간성을 억압받는다고 생각했다.

　　파리가 어땠냐는 질문을 받으면 나에게 떠오르는
한 장면이 있다. 대학원 등록을 하기 위해 하루종일 긴 줄을
기다리며 등록 절차를 밟던 날, 사람들은 복도 끝까지
늘어서 기다리고 있었다. 모든 서류를 일괄적으로 검토하는
게 아니라 투표장처럼 한 테이블에서는 이 서류를 다음
테이블에서는 저 서류를 검토하느라 반나절이 꼬박 걸리고
있는 중이었다. 각 단계마다 도대체 앞의 사람이 언제

끝나는지 눈으로 욕하면서 합격증과 각종 서류들을 들고
뺑뺑이를 돌고 있을 때, 드디어 내 차례가 오나 싶었더니
갑자기 서류를 취합 받던 한 아르바이트 학생이 폭주했다.
"나 이거 못하겠어, 언제까지 해야 해. 끝이 없잖아!" 모두의
시선이 그 학생에게 향했고, 담당 교직원으로 보이는
사람이 학생을 데리고 나가 한참을 달래고 들어왔다.
아르바이트 학생은 아무 일도 없었다는 듯 다시 일을 하기
시작했고, 장내는 빠르게 진정되었다. 그저 한 번도 이런
광경을 본 적이 없는 나만 이 장면을 심각하게 받아들였을
뿐이다. 그리고 나는 생각했다. 아, 프랑스는 이렇게
개판을 쳐도 되는구나. 사람들은 그 일에 정말로 건조한
태도를 가지고 있었다.

　　일이 많아서 과로사를 한다는 게 가능한 사회에,
집단으로 야근하고 눈치 보며 퇴근하는 문화 속, 가난 때문에
택한 자살에도 월세를 남겨놓고 떠나는 사람들이 있다.
대한민국의 절망은 너무 열심히 한 후 아무런 해결 방법도
남겨지지 않았을 때 찾아온다. 대한민국 비극의 서사는
개인의 노력으로 차곡차곡 쌓여 거대한 시스템 앞에서
좌절됨으로써 형성된다.

　　그러나 프랑스를 떠나온 후, 나는 이렇게 좋지 않은
시선으로만 보았던 한국 사회를 새로운 시선으로 본다.
우리에게는 민폐를 끼치지 말아야겠다고 생각하는 마음과
자신의 일을 잘하고자 하는 책임감, 어떤 일이라도 해결책을
찾아내고자 하는 악바리 근성이 있다. 함께 고민하고

잘못된 것에 함께 분노를 표출할 줄 안다.

늦은 밤 서울의 지하철에는 술 냄새를 풀풀 풍기며 자고 있는 사람이 손에서 핸드폰을 떨어뜨리자 그를 깨워 핸드폰을 손에 쥐여주는 옆 사람이 있다. 몰카범과 대치하고 있는 여성의 고함 소리를 듣고 단걸음에 피해자의 옆으로 가 함께 싸우는 사람들도. 내가 당하지 않은 일에도 분개하고 공감하며 함께 싸워나가는 태도가, 내 일이 아닌데도 발 벗고 나서는 다정함이, 현재의 대한민국에는 있다.

이 글을 쓰는 오늘은 세월호 7주기다. 우리는 여전히 책임자의 처벌과 진상규명을 말하고 있다. 비 소식이 없던 오늘 아침, 하늘은 뿌옇게 흐렸고 보슬비가 구슬프게 내렸다. 매년 4월 16일에는 비가 온다. 평소보다 차가워진 바람에 흩날려 민들레 홀씨가 눈앞을 떠돌다 어깨에 내려앉았다. 절망적인 사회에도 우리가 냉소하지 않고 여전히 조금씩 마음을 모으는 일에, 그들이 내려주는 작은 희망일까.

수능과 바깔로레아

스스로 의식하지 못하는 행복이 가능한가? 꿈은 필요한가?
과거에서 벗어날 수 있다면 우리는 자유로운 존재가 될 수
있을까? 지금의 나는 내 과거의 총합인가? 관용의 정신에도
비관용이 포함되어 있는가? … 행복은 인간에게 도달
불가능한 것인가?

　　작가의 생각마저도 객관식으로 답을 찾아야 하는
대한민국의 수능에 넌더리를 친 적이 있는 사람이라면 프랑스
수능이라 불리는 '바칼로레아 철학 영역'에 나오는 이
문제들에 한 번쯤 가슴 뛴 적이 있을 테다. 이런 답을 묻는
교육 제도에 희망을 품고 대한민국의 교육을 생각해보지
않은 사람이 있을까. 모든 것이 정답이 있기 때문에 한국의
교육 제도가 가지는 차가운 절대성과, 그럼에도 불구하고
모든 사람을 일렬로 줄 세우기 위해 매겨지는 '상대점수',
거기다 마치 사회가 한 인간에게 부여하는 것 같은 '등급'
(이어서 '대학')이라는 낙인까지.

　　바칼로레아는 이 모든 것의 대척점으로 느껴진다.

유명한 철학 문제들은 물론이고, 나머지 영역의 문제들도 대부분 서술형이라는 설명들에서 이 시험은 모두에게 똑같은 생각을 강요하는 것이 아니라 '본인의 생각'을 말할 수 있는 기회를 사회가 주고 있는 것이라고 믿게 된다. 그럼에도 불구하고 시험은 절대 점수로 매겨지기 때문에, 이 시험을 위해 다른 사람들과 경쟁을 할 필요도 없다. 1등급과 9등급이라는 사회적 낙인이 없는 사회라면 바칼로레아를 치든 치지 않든 모든 삶이 존중받을 만하다고, 저 철학 문제들이 말하고 있다고, 그렇게 생각하게 된다.

그런데 내가 진짜 열아홉 프랑스의 입시생이라고 생각했을 때, 저 문제들은 어떻게 다가올까? 논술 한 문제에도 버벅거리던 열아홉 살의 나, 바칼로레아는 도대체 어떻게 공부를 해야 좋은 점수를 받을 수 있을까? 어떤 레퍼런스를 들고, 어떤 생각을 써 내려가야, 채점자들이 납득할만한 평가를 받을 수가 있었을까.

우리나라에서 교육 문제를 이야기할 때 과열된 교육열과 창의력을 펼칠 수 없는 교육 방식에 대해서 이야기하지만, 프랑스에서는 일상적인 교육에 노출된 정도, 즉 각 계층에 따라서 접할 수 있는 교육의 수준에 대해서 이야기한다. 우리나라는 학원과 과외로 대변되는 사교육 시장이 부모의 부와 이어질 수밖에 없는 현실에 대해서 개탄하고, 프랑스는 어릴 때부터 접한 (미술관을 가거나 다양한 책을 보는)문화적 환경이 교육 수준을 결정한다고 비판한다.

"국, 영, 수를 중심으로 교과서와 EBS 방송 위주로

공부했어요" 하는 수능 만점자의 대답은 우리에게 허탈함을
안겨주지만, 따지고 보면 수능 문제는 정말로 교과서에서
주로 나오고, EBS 문제집에서 크게 벗어나지 않는다. 적어도
중요과목 정도는 학원에서 예습하고 오는 대한민국의
현실에서 공교육의 실효성이 의심받긴 하지만, 아침부터
저녁까지 학교에 붙어있으면서 수능에 나오는 대부분의
문제들을 풀 수 있는 능력을 모두가 공통으로 배울 수 있는
환경이라는 건 사실, 나쁘지 않은 평가체제가 아닐까.
그래서 거의 수능을 만점 받아야 좋은 대학에 갈 수 있고,
변별력 없는 1, 2점의 점수 차로 인생이 달라지는 건
또 다른 문제이지만.

바칼로레아가 '절대평가'이기 때문에, 10점만 넘으면
대학 입학 자격이 주어지기 때문에, 점수에 연연하지 않아도
된다고 생각할지 모르겠다. 실제로 절대평가로 10점만
넘으면 갈 수 있는 평준화된 국립대학에서는, 200~300명의
신입생이 한 강의실에 모여 수업을 듣는다. 물론 이들이
모두 다음 학년에 진학하는 건 아니지만, 그 과정엔 여전히
끝없는 글쓰기 과정이 포함된다. 10점만 넘으면 통과라서
쉬운 과목 어려운 과목 평균을 내서 10점 정도를 맞추는 것은
크게 어렵지 않아 보이지만, 졸업장을 따는 사람들은 입학생
대비 많지 않은 게 현실. 한국 사람이 암기식 시험에 넌더리를
친다면 프랑스 사람은 이 에세이 지옥에 갇혀있다고
생각하지 않을까.

인문학이 너무 중요한 나머지 실용성을 잃어버렸단

평가를 받곤 하는 프랑스 시험에 유명한 일례가 있다. 니콜라 사르코지 전 대통령이 2006년 공무원 시험에 17세기 소설 『클레브 공작부인』 문제가 출제된 걸 두고 '사디스트나 바보가 『클레브 공작부인』 문제를 출제했다'며 비난했고, 이러한 비난 직후 오히려 소설이 불티나게 팔렸다고 한다. 이것은 사르코지 대통령이 인문학을 멸시한 것에 대한 레지스탕스의 한 형태였지만, 프랑스 교육의 비실용적이면서도 현학적인 면에 대한 이야기이기도 하다. 사르코지 전 대통령을 옹호하고 싶은 마음은 없지만, 행정학책을 몇 년 동안 씹어먹어 가며 달달 외우는 대한민국 시험은 무엇을 공부해야 할지 어떤 문제가 출시될지 감조차 오지 않는 이런 프랑스 시험보다 무엇이 좋고 무엇이 나쁠까.

이런 시험과 평가에서 멀어지는 삶은 어떤가? 대학을 가지 않고 기술직이나 서비스직 등의 일자리를 찾아서 생계를 유지하는 프랑스 사람들은 정말로 한국이나 일본의 프리터들보다 인간다운 대접을 받고 살까? 그들은 대한민국이 교육을 통해 꿈꾸는 중산층의 범주에 잘 편입해서 살고 있을까? 이들이 버는 수입과 국가에서 일을 하지 않아도 받을 수 있는 각종 수당들의 차이가 크지 않다는 것을 차치하고서라도, 우리가 기함하는 프랑스 서비스직의 불친절함은 도대체 어디에서 발현되는 것일까? 프랑스 사람들의 얼굴에 드리운 따분함과 적대감에, 이 나라의 교육과 철학은 과연 어떤 작용을 하는 걸까?

국립대학과 직업을 택한 사람들과는 별개로 프랑스는

'그들만의 세상'이 별도로 존재한다. 마치 1차 수능을
절대평가로 치른 후 50점이 넘으면 모두가 국립대학에
들어갈 수 있는 자격이 주어지고, 그 이후에 2년을 한국의
재수생들처럼 (재수학원 같은 학원을 비싼 돈을 주고
다니면서) 공부해야 하며, 별도의 (전공 분야에 맞는)시험을
치른 후 이 엘리트들도 줄 세워져 당락이 결정된다.
물론 그들의 인생도 말이다.

여기서 재밌는 점은 그랑제콜이 굉장히 실용적인
교육을 중시하고 있다는 점이다. 국가에 쓸모 있는 인재를
양성하기 위한 그랑제콜 건립 취지를 본떠 공학, 경영,
정치, 행정같이 실용적인 학문을 각 학교의 특성에 맞게
가르친다. 파리의 평준화된 일반 대학이 실용성보다는
인문학을 중심으로 교육한다고, 숫자보다는 사람을 위하는
사회상이 반영된 것이라 생각했던 파라다이스의 이면에는,
왠지 어딘지 날 서 있지 않고 두루뭉술하며 현학적인
교육과정이 놓여있었다. 대한민국 대학의 웬만한 학과가
가진 실용성을 접하기에 프랑스 사람들이 넘어야 할 산은
너무나 많은 것이다.

이런 제도 속에 살고 있다면, 나는 도대체 언제 열심히
하고 싶은 마음이 솟아날 수 있을지를, 언제쯤부터 긴 체념의
상태를 유지하고 살았을지를 모르겠다. '제 분수에 맞게
살면 되지'라는 마음은, 진짜로 우리를 행복하게 하는 건지.
아등바등 내가 있는 곳에서 떨어지지 않기 위해서 또는
더 높은 계층으로 올라가기 위해 고군분투하기 위해서 사는

것이 우리의 삶을 더 의미 있게 만드는 건지. 각자의 답은
다르고 무엇이 옳다 말할 수도 없는 데다, 결국 중용의
태도가 제일이라는 얄미운 대답을 할 수도 있겠지만, 적어도
바칼로레아와 그랑제콜, 수능으로 대변되는 교육 문제는
단순하게 좋고 나쁨을 판 가르지 않는다.

파리에서 디지털커뮤니케이션을
전공했는데요

디지털커뮤니케이션을 전공한 일은 나름 합리적인 선택
이었다.

현대사회는 라디오, TV, 신문 같은 매스커뮤니케이션
에서 출발해 어느새 개인화, 초정밀 커뮤니케이션의
시대에 이르렀다. 커뮤니케이션 방식은 변화했고, 새로운
방식의 채널에서는 달라진 메시지가 필요했다. 디지털
커뮤니케이션에 대한 인문학적 접근은 물론 실용적인 기술도
배울 수 있을 듯한 커리큘럼. 1년의 어학으로 채워지지
않는 프랑스어를 이런 실용적인 부분으로 커버할 수 있을지도
몰라. 이쪽으로 더 일하고 싶었지만 직무개편이 되면서
못 이뤘던 꿈도 있었고. 그래, 나는 결국 이 변화하는
세대에 매체 철학을 탐구하기 위해 이 먼 길을 떠나온 게
아니었던가.

그렇게 선택한 디지털커뮤니케이션 전공은 어쩐지
만족스럽지 못했다. 분명 디지털 매체에 대한 인문학적 접근과
검색 광고나 비즈니스 앱 개발 같은 실용적인 면도 함께

배웠는데 말이지. 나름 하버마스의 공론장 이론을 기반으로 SNS의 정치적 가능성을 탐구하는 논문도 썼고 나쁘지 않은 성적으로 졸업장도 받았는데도. 나는 왜 계속 이 결정에 의문을 품고, 유학을 실패라고 생각하는 걸까.

어쩌면 디지털커뮤니케이션이라는 전공이 파리와 맞지 않을지도 모른다. 큰 눈을 끔뻑끔뻑하며 시큰둥하게 "페이스북? 그거 내 정보만 다 빼가는 거 아냐?" 하던 친구들과 아이폰5가 출시된 지 꽤 오래되었음에도 불구하고 내 아이폰5를 보면 핸드폰 보험을 권하곤 했던 은행 직원들을 보며 느꼈던 거리감. 아이폰 6S를 산 지 한 달도 되지 않아 주머니에 있던 핸드폰을 도둑맞았을 때, 이래서 은행직원이 보험을 권했었나부터 최신 핸드폰을 사봤자 이렇게 도둑맞을 일이 많아 그렇게 신제품에 박색 한가 하는 생각까지 들었다. 배움은 있는데 쓸모는 없는 나라. 그 배움이 시대를 따라가지 못하고 있다고 느끼게 하는 전공. 가장 앞선 세계를 공부하려고 왔는데, 왠지 나만 여기서 점점 뒤처지는 것만 같지? 한국이 얼마나 빠르게 변할지 지켜보는 건 아찔했고, 그 세계에 속하지 못하는 게 외로웠다. 역시 전공을 잘못 선택한 걸까.

다른 전공이었으면 어땠을까? 이를테면, 영화학도 였다면? 영화가 시작된(곳 중의 한) 곳이며, 누벨바그의 나라 프랑스에서 아녜스 바르다나 에릭 로메르 영화를 보며 가슴 설레던 영화학도는, 프랑스에서의 유학을 어떻게 평가할까. 예술과 미술의 도시는 왠지 이런 영화학도들과 미술학도들에게 팔을 벌리는 듯한데, 그들도 과연 그렇게 느낄까. 아니면 푸코나 데리다, 들뢰즈를 꿈꾸며 프랑스로 온 커뮤니케이션 학도가 가진 실망감을 그들도 비슷하게 느꼈을까.

전공 탓이 아니라면, 교육 환경 때문이었을까. 프랑스에서의 교육은 나를 당황스럽게 했다. 지나친 경쟁사회인 한국의 교육 시장이 '나만 잘되면 그만'을 가르친다면, 프랑스의 평준화된 대학에서 학생들은 '다 같이 고만고만'하다. 한국의 교육이 지나치게 비인간적이라고만 생각했는데, 프랑스의 공교육에는 열의를 찾기가 힘들다.

대학원 수업은 일주일에 두 번, 아침 9시부터 오후 6까지 또는 12시부터 저녁 9시까지 이어진다. 한 과목당 3시간 정도의 수업. 월, 화에 수업이 있으면 수, 목, 금은 수업이 없다. 그렇게 세 시간씩 이어지는 수업들은 교수들의 일방적인 수업과 듣는 둥 마는 둥 하는 아이들로 구성되어, 내가 상상하던 교육과는 많이 달랐다. 교수는 어떤 철학적이고 집요한 질문을 하고, 학생들은 고민하고 토론하는 뭐 그런. 내가 너무 영화를 많이 본 건가.

그렇게 타이트하지 않은 커리큘럼을 들으면서도 나는 한 장짜리 에세이를 쓰고, 페이퍼를 읽고 요약하는 일들에도 버거워했고, 친구들의 도움을 빌려야 했다. 1학년 마지막 과제로 주어진 소논문 과제는 최악이었다. 주제는 '정치인들의 SNS 사용'이라고 너무 거창하게 잡았는데, 실제로는 미국 대통령으로 당선된 오바마의 선거 이야기 조금, 프랑스의

실사례 이야기 조금, 두서도 없고 맥락도 없는 과제를
겨우겨우 쥐어 짜내고 있었다. 너무 막막한 나머지 친구에게
보여주니 친구가 한숨을 푹푹 쉬며 말했다.

"용빈, 이거 다시 써야 해."

우여곡절 끝에 발표 날, 나를 매섭게 바라보던 그
교수의 눈과 떠올리고 싶지 않은 혹평이 이어졌고, 나는 출구
없는 지옥에 갇혀버린 듯했다.

일반 대학의 커리큘럼 바깥에 진짜로 치열한 현장은
따로 있었다. 프랑스 대학은 소수의 엘리트들이 비싼 돈을
내고 다니는 그랑제콜과 평준화된' 대학들로 나뉘어있다.
프랑스 대통령과 고위직을 배출하곤 하는 그랑제콜은
우리나라 입시 정도의 치열한 준비 과정에, 비싼 학비를 내는
그들만의 세계다.

부끄러움은 쌓여만 가고 하루하루 허덕이며 해내는 것도
버거웠는데 그런 나에게 참 인색했다. 왜 더 치열하지 못했니,
하고 시어머니 같은 눈으로 나를 내려다보는 내 마음의 눈
때문에, 나는 계속 이 삶이 떳떳하지 못하다고 느꼈다. 이상이
너무 높아서, 그럼에도 불구하고 현실은 너무 초라해서.

나는 대답하지 못했고, 그들은
키득키득 웃었다

아직도 대학원 시절의 많은 일들에 구멍이 뚫려있다. 구멍이
비교적 적은 수업에서는 그래도 나쁘지 않은 점수를 받았고,
구멍이 많은 수업에서는 점수가 좋지 않았다. 특히 이론
수업들이 그랬다. 분명 내 귀로는 들어왔는데 뇌로 전해지지
않은, 의미를 해석해내지 못하는 수많은 단어와 문장들이
구멍을 만들었다.

    대학원의 첫 수업은 홈페이지를 만드는 아틀리에 수업
이었다. 나는 내 양옆으로 앉았던 여자아이들을 기억한다.
한 명은 샤를로트 갱스부르를 닮았고, 한 명은 비욘세
느낌이 났다. 나는 강사가 얘기한 걸 놓치고 버벅거리고 있다,
어떻게 하는 거였냐고 갱스부르를 닮은 아이에게 물었는데,
그 애가 내 말을 못 들은 척했다. 나는 조금 당황해서
다른 쪽 아이를 봤는데, 그 애 역시 모니터만 바라보고
있었다. 그 이후에 둘은 나를 중간에 두고 나는 없는 사람처럼
이야기하기 시작했다. 아틀리에 수업이 이어지던 일주일
내내. 그것이 대학원의 첫 수업이었다.

한번은 한 교수가 자신의 이름으로 된 메일 주소를
하나 만들어 본인의 이력서와 포트폴리오를 보내라고 했다.
나는 이력서와 포트폴리오를 보내라는 이야기만 알아듣고는
원래 쓰던 메일 주소로 교수에게 보냈다. 교수는 그 메일
주소를 취합해 수업 자료를 보냈는데 나만 받질 못했다.
조심스레 나는 못 받았다고 하자, 교수가 답답하다는 듯이
한숨을 푹 쉬며 '그 메일 주소는 프로페셔널 하지 않다고,
분명 이름으로 된 메일 주소를 만들어 보내라고 했지 않았냐'
고 말했다. 대답 없이 나는 얼굴이 붉어져 버렸고 반의
아이들은 키득키득 웃었다. 다른 장면은 반에서 함께
펀딩하고 프로젝트로 갔던 더블린 여행. 돈을 각자에게
나눠주던 아이들은 나에게만 지폐가 아닌 동전을 한 움큼
주면서 뒤돌아서는 내 뒤에서 키득거렸다.

그런 일들을 겪으면서 나는 더 프랑스어를 더듬거리게
됐다. 어학원을 다닐 때는 이 정도까진 아니었던 것 같은데
왠지 대학원 이후엔 혀가 굳어버린 것만 같다. 프랑스에서
공부하고 싶다고 생각한 건 다양성을 이야기하는 프랑스
철학을 좋아해서였는데. 나는 그런 철학을 이야기하기는커녕
일상적인 말도 제대로 못 하고 있었다. 나에게 오는 질문은
두려웠고 토론 시간은 끔찍했다. 내 차례가 오지 않고
지나가게 해주세요 제발-하고 빌었다.

단지 내가 말 못 하는 아시아인이기 때문에 겪는
이런 일들. 물론 반에는 친절한 친구들도 있었고 친해질 법한
애들도 있었지만, 나는 왠지 그들을 개개인으로 대하지

못했다. 불친절한 아이나 친절한 아이나 나한텐 다
프랑스인이었다. 한번은 누군가 이렇게 물었던 적이 있다.
"나 한국에 지선이라고 아는데, 서울 살아." 같이 뭐라고
대답해야 좋을지 모르겠는 말들. 이 아이의 머릿속에 한국은
모든 사람들이 서로를 다 아는 시골처럼 느끼기라도 한 걸까.
나에 대한 철저한 무관심, 한국인이라는 스테레오타입
속의 나, 둘 중 무엇이 더 견딜 수 없는지 알 수 없었다. 어쩌면
그런 스테레오타입을 반박하지 못하는 나 자신이 너무
못났고 초라했었던 걸지도 모르겠다.

　　더블린 단체 여행에서 도착한 샤를 드골공항은 파업의
영향이었는지 입국심사장에 일하는 사람이 거의 없었고,
프랑스 애들은 '유러피안' 라인에 서서 일찌감치 집으로
돌아갔다. 우리 반의 외국인 넷은, 하염없이 줄어들지 않는
줄을 기다리다 한참 후에서야 겨우 파리로 들어올 수 있었다.
가뜩이나 늦어서 지친 우리였지만 컨베이어 벨트에 너무
오래 돌다가 어디론가 이동해버린 서로의 짐을 서로가
찾아주었다. 그러고서 "잘 가, 조심히 가"하고 인사하는데,
우리의 목소리는 다정하면서도 습기에 차 있었다.

폭력의 추억

가난 때문에 빵을 훔쳐 가혹한 처벌을 받게 되는 장 발장이
시장의 자리까지 오르게 되는 배경이 된 도시, 몽트뢰유는
프랑스 파리에서 북쪽으로 230km가량 떨어진 '레미제라블'의
도시다. 이곳은 빅토르 위고가 살았던 그 시대로부터 얼마나
나아졌을까. 2021년 래드 리 감독의 영화 〈레미제라블〉이
국내에 개봉했고, 나는 이 영화를 보면서 진짜 이게 21세기
현대사회에 벌어질 수 있는 일인가 하고 입을 떡 벌릴 수밖에
없었다. 물론 이 영화는 픽션이다. 그러나 있을 법한, 아니
있어도 이상하지 않을 법한 이야기다.

　　이 영화를 보면서 봉준호 감독의 〈살인의 추억〉을
자동적으로 떠올렸다. 경찰들이 특정 인권을 억압하는 방식이
1980년대 한국과 너무 유사하기 때문에. 그것은 은밀하지도
교묘하지도 않게 너무 버젓이 실체를 갖고 존재하고 있는 '폭력'
이었다. 이 도시는 '흑인'이 시장으로 있고, 케밥 집을 운영하는
'이슬람 신도'가 전도를 일삼고, 시민들은 대부분 유색인종에
가난하다. 이러한 배경이 도시에 전근 온 경감 스테판의 시선을

따라 낯설게 펼쳐지고, 스테판의 동료 경찰들은 도시를 순찰하는 중에 인종차별과 증오를 쏟아낸다. 그러다가 이 지역에 온 서커스단의 아기 사자가 도난당한 사건이 발생하고, 경찰들은 사자를 훔쳐 간 '이사'라는 고작 여덟 살 남짓한 흑인 남자아이를 좇다 그 아이에게 고무탄을 쏘게 된다. 이 과정이 고스란히 도시를 떠도는 드론에 촬영되고, 경찰들은 아이를 치료하지 않고 차에 실은 채 드론을 찾아 나선다. 〈살인의 추억〉에서 '향숙이' 백광호에게 강요된 자백이 이사에게도 똑같이 강요된다. 상처에 대해 함구하라는 명령 말이다.

이사는 결국 친구들과 경찰을 유인한 후 폭력으로 맞선다. 여덟 살짜리 아이인 이사는 도와주겠다고 본인의 기회와 안위만 생각하는 시장은 물론 경찰에게 드론 영상을 돌려주게 되는 이슬람 교주도 믿지 못해 '혁명'에 이르게 된다. 이 영화를 보다 보면 스테판의 감정을 자연스럽게 따라가게 되는데, 경찰들의 인종차별이 견딜 수 없어도 서커스단과 시장 패거리의 집단 폭력을 막으려는 점에서 경찰의 임무에 최선을 다하는 모습에 어느 정도는 마음이 누그러지게 된다. 그런 정당성으로 겨우 억눌렀던 분노는 경찰들이 이사를 쏘면서, 이사를 향한 서커스단의 악질적인 폭력을 외면하면서, 마음속에서 터져 나오게 된다. 스테판의 마음에 설 것인가, 이사의 마음에 공감할 것인가. 대다수의 인간이 선하다고 믿고 갈등 없는 해피앤딩을 바라는 우리에게 어려운 문제지만, 나는 이사에게 무게를 실어주고 싶다. 우리가 그 순간 경찰에게 정당성이나 연민을 느낀다면, 나는 그것을 약자에 대한 공감이 없는 무력감과 권력에 힘을 싣는 비겁함이라고 생각하니까.

　코로나 초기, 프랑스 정부는 부족한 물량을 맞추지 못할 것을 우려해 마스크 판매를 금지했다. 당시 확진자 10명 남짓한 한국에서 전 국민이 마스크를 쓰는 상황을 조롱함과 동시에 그런 조치를 발표한 거다. 이는 프랑스가 쉽게 눈을 돌릴 수 있는 '외국'의 희생양을 찾아 설전을 벌이는 동안, 어떤 사안을 정확하게 파악하고 해결책을 찾는 시기를 놓치고 있는 프랑스 사회의 전형을 보여준다. 코로나 시대를 지나면서, 프랑스는 물론 유럽과 영미권 사회의 인종차별 문제가 심심찮게 터져 나온다. 행정의 무능도 자주 거론된다. 내가 말하고자 했던 프랑스 사회의 단면은 코로나로 인해 더 적나라하게, 생각보다 훨씬 빠른 속도로 드러났다.

　나는 그러나 이러한 폭력이 프랑스 사회만의 문제라고 말하고 싶지는 않다. 파시스트는 우리나라가 더 많지 않을까 싶은 생각도 든다. 그런데 자유, 평등, 형평을 말하는 프랑스에서, 인권에 대해선 교과서적이라 믿어지는 사회에서 어떤 인권은 너무 쉽게 박탈당한다. 보편적인 가치인 인권이 드리우는 보호막은 한정적이고, 그 사이를 증오와 불신과 혐오가 점점 힘을 키우면서 간격을 벌여가고 있다. 어느 사회든 이 간극은 좁혀지지 않고 더 벌어지고만 있는 것 같다. 증오는 언제나 강하고 힘이 세니까. 박탈감이 이를 증폭시키니까.

　우리는 지금 어떤 시대에 살고 있는 걸까.

홍세화 선생님께

파리의 택시 운전사 홍세화 선생님.

　　선생님의 글을 읽으면서 저는 택시 운전사로 파리에
사는 선생님을 동경했습니다. 그것은 한국에 그럴듯한 직업을
가진 사람보다 더 명예롭게 보였거든요. 실제로 선생님의
삶은, 누구보다 진보적인 삶을 살았고 실천 도중 프랑스
망명이라는 길을 선택했기에, 깊은 경의를 표할 수밖에
없습니다. 저희 어머니도 같은 시기, 국가에 대항했고 그
서슬 퍼런 시절에 용기 있는 분들이 있었기에 우리의 지금이
있을 수 있다고 생각합니다. 감사와 존경의 말을 어찌 이
글에 다 담을까요.

　　하지만 제가 이 글을 쓰게 된 연유는 이런 감사와
존경을 표하기 위해서만은 아닙니다. 저는 선생님이 말씀
하셨던 것처럼 우리가 격의 없이 토론할 수 있는 문화를
한 번 가져보면 어떨까 해서 이 글을 씁니다. 선생님은 지금의
프랑스에 대해서 어떤 견해를 가지고 계실지 모르겠습니다만,
저는 어쩌면 암흑의 시절에서 아무것도 나아지지 않을

거라 대한민국을 바라보던 선생님의 시각에서, 프랑스의
많은 것들이 진보적이었을 그 시각에서, 한국의 미래를
너무 절망적으로만 보지 않았는지, 프랑스는 또 너무
파라다이스로만 보지 않았는지를 이야기하기 위해서 이 글을
씁니다. 어쩌면 선생님의 글들이 있었기에 우리의 지금이
있음을 간과하고 과거의 글에 딴지를 건다거나, 제가 너무
무례하다고 여기시지 않으면 좋겠습니다. 선생님이 실제로
이 글을 보게 될지는 모르겠지만, 선생님이 어떤 관용의
정신으로 이 글을 이해해주시리라 믿기 때문에 저는
제 생각을 말해보려고 합니다.

　　저(희 시대)는 프랑스를 선생님의 망명이 받아들여진
좋은 나라라는 프레임으로만 바라봤습니다. 자유의 종착지,
사회주의를 받아들인 나라, 아시아인이어도, 아프리카인
이어도, 무슬림이란 종교를 가졌어도 프랑스는 '톨레랑스'의
정신으로 이 모두를 두 팔 벌려 환영하고 있는 나라로요.
프랑스 '사람'이 된다는 것, 그 사회에 속한다는 건 평생
대한민국이라는 살얼음판에 살아가는 것과는 달리 무척
안전하고 보호받을 수 있는 듯하게 느껴졌어요. 선생님의
시대와 제 시대가 달랐던 점이 있다면, 선생님은 실제로
고문과 목숨에 위협을 느껴서 망명을 신청했다면 저희는
그냥 이 땅에 발을 딛고 살아가기 불가능하다는 가슴 깊숙한
불안이 있었습니다. 그때의 우리에게는 그렇게 한국을
떠나는 일이 답이라 느끼는 시기가 있었어요. 그런 기회가
너무 많았던 것도 사실입니다.

선생님은 한국이 '영어 공용화'를 외치면서 주눅
들었다고 하지만, 그렇기 때문일까요? 참 많은 제 또래의
사람들이 해외로 향했습니다. 대한민국의 경제력-베이비붐
세대의 부-는 그것을 뒷받침해주었고, 지원을 발판 삼아
영어(등의 다른 언어)를 배우러, 언어를 익혀 더 나은
학문을 익히러, 그리고 그곳에 정착하기 위해 해외로
향했습니다. 제가 제 돈을 벌어 해외로 향했다고는 하지만
부모의 금전적인 여유가 없었다면 불가능했을 거란 걸
압니다. 베이비붐 세대의 풀지 못한 열망이 자식들에게
전해진 것일지도 모르겠어요.

우리는 해외로 나가서 성공의 길을 걸어야 했습니다.
그렇게만 하면 나약한 한 사회로부터 벗어나서 조금 더
안전하고 구축된 삶으로의 전환이 펼쳐질 거라 생각했지요.
영미권과 신대륙, 유럽으로 향하던 사람들이 가진 열망은
본질적으로 같았을지도 모르겠습니다. 유럽계 백인의 부와
명예를 변방의 아시아인이 누리기 위해 거쳐야 하는 곳이나
정착해야 하는 곳으로 여겨야 했을 그런 마음요.

저는 프랑스를 선택했습니다. 홍세화 선생님이 파리의
택시 운전사였고, 프랑스는 타자 철학을 얘기하고, 기본권이
보장될 뿐만 아니라 '톨레랑스'의 사회가 있는 살만한
나라였으니까요. 그렇지만 저는 프랑스에 와서 좀 다른
감정을 느꼈습니다. 그 감정의 실체를 찾아 선생님이 책에
썼던 '톨레랑스' 정신과 프랑스에 대해서 더 이야기해보고자
합니다.

선생님은 『나는 빠리의 택시 운전사』에서부터 프랑스 사회에는 사회 저변에 다양성과 타인에 대한 배려가 있다고 말했습니다. 그러나 선생님은 『쎄느강은 좌우를 나누고 한강은 남북을 가른다』에서 "우리는 먹고 당신들은 집어먹는다"는 이야기를 들었다고 했습니다. 프랑스 사람들이 '먹는다'(manger)란 단어를 독점하는 걸, 당신들(한국 사람들이겠죠?)은 그저 양분을 섭취한다(s'alimenter)는 걸 말한다*고 기술하고, 한국 사람들이 프랑스 사람들과 식사 자리에서 그저 꿀 먹은 벙어리처럼 할 말 없이 앉아있음을 비판하며 글은 마침표를 찍었습니다. 선생님은 한국이 훌륭한 식문화 전통을 현대인이 이어가고 있지 못하는 것으로, '전통의 한국'은 충분히 가치가 있지만 '지금의 한국'이 너무 문제가 많은 듯이 말씀하시지만, 근본적으로 저는 '당신들은 양분을 섭취한다'는 경멸 섞인 말이 진짜 '다양성'을 기초로 한 사회에서 나올 수 있는 말인지 의심스러웠어요.

미국의 햄버거를 폄하하는 태도("햄버거류를 싸구려 문화에서 온 것이라며 경멸과 경계의 소리를 하고 있다."**)는 또 어떤가요? 이런 작은 멸시들은 제가 분명 프랑스에서 겪었지만 애써 모른 척하고 싶었던 사회의 진실된

---

*   홍세화, 『쎄느강은 좌우를 나누고 한강은 가른다』 중 88p, 한겨레 출판, 2006.

** 홍세화, 『쎄느강은 좌우를 나누고 한강은 가른다』 중 92p, 한겨레 출판, 2006.

부분이었습니다. 히잡과 부르카가 학교에서 금지되고,
공공 학교는 아랍인들이 많고 위험하다는 이유로 비싼 사립
학교를 선호하며, 파리의 외국인이 많은 18구에서 20구는
위험한 지역이라고 모든 이들이 입 모아 말하는 사회는
진짜 '톨레랑스'의 사회일까요? 이 '톨레랑스'의 실체는
무엇일까요? 프랑스가 가진 타자에 대한 무심함이
톨레랑스의 한 형태, 그러니까 아시아인이든 아랍인이든
프랑스인이든 한결같이 'je m'en fous'(난 상관없어)라고
어깨를 으쓱하고 마는 태도가 톨레랑스의 본질일까요?
평등의 대상이 아니라 관용의 대상이 되는 이 타자들은
이 사회에서 자신의 목소리를 진짜 낼 수 있는 것일까요?
이민자가 그토록 많은 나라 프랑스는 다양화보다는
동화정책을 이민자에게 강요하고 있지는 않나요? 프랑스는
공화국의 정신에 따라 모두가 각자의 주권을 행사하고
다양성이 받아들여지는 사회일까요? 저는 이것이 너무
헷갈려서 밤새도록 고민해봤습니다. '개인은 다양하라'고
외치지만, '프랑스의 가치'에는 동화되길 바라는. 이러한
프랑스의 이중성 때문에 'Ça depends(경우에 따라)'가 모든
일에 적용되는 걸까요?

    웬디 브라운*은 '톨레랑스'에 대해 이렇게 말합니다.
"오늘날에도 개인은 예전 공동체에 대한 공적 애착과
충성을 버리고 새로운 공동체에 충성을 바칠 때에만, 즉

* Wendy L. Brown(1955~). 미국의 정치 이론가.

하나의 민족주의를 다른 민족주의로 대체할 때에만, 관용의 대상이 될 수 있다." 공화국의 정신과 민족주의가 무엇이 다른지 설명할 수 없는 그 틈을, 누군가는 한 사회에서 쉽게 용인되고 누군가는 어떤 장벽보다 높고 은연중에 퍼져있는 혐오와 차별을 겪어야 하는 이 차이를 '관용'이라는 두루뭉술한 단어로 포장해 타자를 지배하려 한다고요.

　　1999년, 세기말 출간된 선생님의 글이 언제부터 제 마음속에 프랑스의 꿈을 키웠는지 모르겠습니다. 선생님의 딸 이름도 용빈이라지요? 그 이름을 보고 엄마랑 얼마나 즐거워했던지요. 아무튼 선생님의 딸과 다른 용빈이는 기어이 프랑스에 가서는 잔뜩 삐뚤어진 시각으로만 그 사회를 바라본 것은 아닌지 모르겠습니다. 하지만 분명한 건, 윤여정 배우가 아카데미 여우조연상을 받은 2021년에는 참 많은 게 달라져 있다는 겁니다. 여전히 영미 유럽권 문화는 동양 사람들에게 (윤여정 배우의 인터뷰를 빌어) '트럼프 벽보다 더 높은 벽'을 쌓고 있기에, 그렇게 뼈 때리는 발언들이 나올 때마다 우리 모두 속시원함을 느끼니까요. 젠체(snobbish)하는 유럽인들 역시 두터운 격식이나 화장을 지우고 민낯을 드러내, 누군가를 지배하고 동화시키는 사회가 아닌 모두가 제 색깔을 유지하면서 함께 살아가는 세상에서 편안함을 느끼지 않을까요? '톨레랑스'를 비롯한 그 많은 강박에서 벗어나서 조금은 자연스러워져도, 우리는 충분히 즐거운 대화를 나눌 수 있을 텐데 말이지요.

P.S.

선생님 시대에는 대한민국 여성들의 등골을 빼먹는 '프렌치
지골로'들이 돈 많은 유학생을 타깃으로 했다지만, 글쎄요,
돈이 있든 없든 내 등골을 빼먹는 인간들을 귀신같이
알아차리고 손해를 참지 못하는 우리 세대에는 이런 일은
덜 했습니다. 베이비붐 세대의 기대와 지원만큼, 그들의
등골을 빼먹는 것만으로도 충분히 죄책감과 부담감을 안고
있었거든요. 부모의 부가 어느 정도 보장된 대한민국의
MZ세대가 프랑스에서 마주하는 삶이란, 대한민국에서보다
조금 더 나은 삶, 대한민국의 살얼음판에서 벗어나는
삶 정도가 아니었을까요?
    저는 선생님이 파리에 있던 당시 한국 여성들의 면면을
알지 못하지만, 제가 파리에 있을 때는 지골로에게 몸과
마음을 다 뺏기며 힘들어하는 한국 여성들의 모습을 자주
발견하진 못했습니다. 프랑스에 오는 한국 유학생 중 여성의
비율이 매우 높다는 것은 어느 정도 한국 사회-그러니까
지독한 남성 중심의 사회-라는 게 큰 작용을 한 것은 아닐까
추측해봅니다. 파리 증후군이 일본 여성에게서 특히 발현된
현상이었던 것처럼요. 한국 남자한테 데일 만큼 데였는데
프랑스 남자라고 진짜 달랐을까요? 저는 본질적으로는
비슷하다고 생각합니다. 프랑스 남자든 한국 남자든, 어떤
종류의 상처가 한국 여성을 자라게 한 것일까요? 나에게
좋은 말만 해주는 감언이설에 넘어가는 사람은 있어도,

그들에게 물질적으로 다 갖다 바칠 경제적인 여유는 없었던 것도 사실입니다. 그러니까 그것이 '내 것이 아니라 부모에게서 오는 것이다'라는 명확한 인식만은 우리 세대에 있었습니다.

물론 한 켠에 옐로우 피버에게 마음을 뺏긴 사람들도 있었지만요. '지골로'라는 존재는 순종적이며 호리호리하고 마른 아시아인에게 성적 매력을 가진 '옐로우 피버'로 진화한 걸까요, 아니면 이들은 그냥 본질적으로 다른 종류의 인간들일까요? 저희 시대에는 지골로보다는 아시아-옐로우 피버들이 더 기피의 대상이었습니다. 물론 이건 단순히 개인의 취향 문제라 할 수도 있겠지만, 그렇게 축소해서 보기에 이런 '현상'은 분명히 존재하고 그건 이 세계의 권력관계와 맞물려있다고 생각합니다.

태국을 여행할 때, 태국 여성과 함께 다니는 유럽계 백인 할아버지와 한국 이삼십 대 남성을 종종 목격했습니다. 태국 편의점에서 저에게 노골적으로 성적인 요구를 하던 한 백인 남성이 제 머릿속에서 떠나지 않습니다. 단지 아시아 여성이라는 이유만으로 저는 왜 이런 일들을 당해야 하는지 모르겠습니다. '그렇게 해도 된다'고 언제부터 그들은 생각했고, 무엇이 그들을 그렇게 생각하게 만든 걸까요. 매력적이고 자신감 넘치던 못된 프랑스 남자는 사라지고, 자신보다 약하고 순종적인 아시아인에게 집착하는 남자들이 탄생한 건, 점점 좁아지는 가부장제의 자리를 해외에서라도 찾아보고자 하는 발악일까요? 옐로우 피버가 노골적이고 응축된 아시아 여성 혐오의 형태였다면, 차를 타고 가면서 휘파람을 불거나 카페 같은 곳에 앉아 야유해대던 캣콜링은 일상적이고 공기처럼 존재해서 그것에 일일이 기분 나빠 하는 게 이상해 보일 정도였습니다.

그럼에도 불구하고 누구에게도 온전히 내 존재로 받아들여지지 않을 것만 같던 외로움과 불안함을 가득 안은 세상의 끝에서, 불온전한 누군가를 만나 줄 수 있는 마음을 사랑이라고 부를 수 있어서 참 다행이었습니다. 그때 우리 모두의 사랑은 아름답고 조화롭기보다 굉장히 처절하고 끈적였습니다. 누구도 이 땅에서 그 외로움을 승화해서 단단히 고정한 채 살아갈 사람이 없는 것처럼 보였어요. 두 발로 땅에 서지 못하는 그 불안을 다른 사람에 기대어 엉거주춤 서 있을 때 그런 모습이 위태로워 보여도 우리는 그것이, 그것만이 사랑이라고만 믿었습니다. 물론 그 대상이 병적인 옐로우 피버나 프렌치 지골로는 아니었지만 말입니다.

대부분의 우리 모두는 어떤 결함을 가진 존재들이었고, 그 결함이 과하게 드러나는 사회에서, 그것을 적극적으로 끌어안으려는 자세를, 저는 프랑스에서의 사랑이라 부르고 싶습니다. 이것을 순진한 감정으로만 생각하지 마시기를 바랍니다. 사랑에 덧씌워진 포장을 벗겨서 그 감정을 냉철하고 허황하게 바라보는 게 무슨 소용이 있을까요? 우리 모두는 결국 그런 시절을 겪어내는 것 아닐까요?

선생님의 시절, 지골로를 만나며 사랑을 갈구하던

'프랑스 유학생'은 밀레니얼 세대에 와서 이렇게 진화했습니다. 일정 정도 현실적이면서도 마음속의 낭만은 있어 선생님이 말씀하신 그 이상향을 좇아서 프랑스로 갔습니다. 지독한 냉소주의자야말로 굉장한 이상주의자일 수 있고, 그렇기에 프랑스를 선택하게 된 것 같습니다. 이상적인 사람도, 사회는 존재하지 않는다는 걸 너무 비싸고 뼈아프게 프랑스에서 배우게 됐지만 말입니다.

어떤 사회에 살고 싶으세요?

새 아파트를 분양하는 광고를 봤다. 유명 아파트의
브랜드였고, 4~5명의 가족이 살 수 있는 넓은 거실과 방
2~3개를 갖춘 집의 구조, 헬스장과 수영장, 도서관 같은
커뮤니티 센터를 함께 운영한다고 했다. 이런 아파트는
월급쟁이인 내가 100만 원씩 꼬박꼬박 저축해서 60년을
일해야 겨우 내 소유가 될 수 있었다. 내가 벌어들이는 돈은
겨우 이 정도인데 이 사회는 왜 이렇게 모든 게 다
비싸지는 걸까. 밥값도 점점 비싸지고 공짜로 머물 수 있는
공간도 없다. 그런데도 누군가는 한남동의 비싼 아파트에
살고, 비트코인으로 돈을 끌어모으며 부동산을 몇 채나
가지고 있다.
    그런데 나는 왜 이 모든 게 개츠비의 삶 같이 느껴지는지
모르겠다. 좋은 아파트를 가지고 주식과 코인으로 자산을
불리는 성공한 사업가의 이미지는, 언제 꺼질 줄 모르는
거품과 격변하는 사회 속에서 붕 떠 있는 존재처럼 보인다.
어디에는 존재하지만 내 옆에는 없는 소설 속 주인공으로만

느껴진다.

　내가 속할 수 없는 사회를 허망하게 바라보는 사람들의 절망과 욕망은 고개를 스마트폰에 쳐박고 주식과 코인 그래프를 중독처럼 들여다보는 행위로 나타난다. 디지털화되어가는 세상, 인간을 대체할 기술의 발달, '노오력'을 배신하는 사회. 이런 현실 때문에 사람들은 혼자 머물지 못하고 휩쓸리듯 무리 지어 다니며 '욜로'를 즐기거나 이른바 각종 '시발 비용'을 지출하거나 인스타용 맛집을 찾아다니는 걸로, 한껏 부풀어진 자아를 인스타에 전시하는 걸로 제 존재의 목적을 찾아가는 걸까. 이런 박탈감으로 치러야 하는 사회적 비용은 얼마나 될까.

　개인의 실패는 얼마나 개인의 책임일까. 개인의 능력에 따라 부가 분배되는 사회. 그러나 진짜 문제는 능력이 부로 이어지는 게 아니라 자본주의 사회에서 돈을 시의적절하게 부풀리는 기술이 요구되고 있고, 이로 인해 각자 일의 의미가 점점 축소되고 있는 현실이 아닌가. 자본주의 사회의 부는, 실질적인 이윤보다는 적자를 끌어안은 매출이 회사와 주식의 가치를 보증하기 때문에, 결국 천문학적인 규모의 적자를 끌어안은 독점 기업만이 살아남을 수밖에 없는 구조를 갖고 있다. 그러한 구조가 열심히 일해서 돈을 버는 사람들의 돈을 종잇조각으로 만들고 있고, 왠지 자신은 도태되고 있다는 박탈감, 내 파이를 제대로 챙기지 못하고 있다는 불안함을 계속해서 양산해내고, 계급의 갈등을 부추기는 게 아닌가. 사회적 약자에게 그 책임을 전가해서,

약자들의 징징거리는 소리 때문에 내가 내 파이를 제대로 차지하지 못하고 있다고, 공정한 경쟁이 도입되어야 한다고 주장하는 것 아닌가.

지구의 반대편, 능력과 경쟁보다 인문학과 철학을 강조한 나라는 반짝반짝 빛나는 사유를 보여주는 몇 철학자들을 배출해냈다. 그러나 전반적으로 이 사회는 어쩐지 피도 눈물도 없는 무한 경쟁의 나라보다 점점 뒤처져가는 느낌이다. 개인보다 사회가 더 많은 책임을 지는 시스템은, 왠지 개인들을 더 무력하고 어느 정도는 도태되게 만든 것이 사실인 것 같다. '의욕 없는 사회'. 이 의욕을 만들어내기 위해 프랑스의 새로운 정부는 매번 고군분투한다. 이 나라 역시 이러한 개인의 경제적 실패를 구조나 개인들보다 더 약자인 이민자에게로 돌려버린다.

이 세상의 리듬에서 도태되는 걸 견딜 수 없는 나 같은 사람은 프랑스에서의 삶에 한계가 있었지만, 프랑스에 함께 있던 사람들이 조곤조곤 하는 이야기를 들으며, 또 그들이 사는 삶을 지켜보며, 나는 프랑스에서 내가 놓친 것이 무엇인지 다시금 발견하곤 한다.

프랑스에 오래 있었던 이들은 다음과 같은 생각을 공통으로 하고 있었다. "가난해도 된다, 조금 느려도 된다, 조금 뻔뻔하고 제멋대로여도 괜찮다. 세상이 강조하는 속도에 맞추지 않아도 좋고, 공짜 도서관과 공짜 자연을 마음껏 즐겨도 좋다. 못나도 괜찮다." 제 자신의 어글리함을 감추지 않고 드러내는 사람들. 주식과 코인 열풍 속에도 가난을 부끄러워하지 않는 사람들. 사회의 약자들을, 우울한 사람들을, 적응하지 못하고 도태되는 사람들을 가슴 따뜻하게 품을 수 있는 사람들. 서문에 썼던, 우리가 가지고 있는 이상한 인류애의 실체는 세상이 강요하는 자신의 약점을 약점으로 보지 않고 당당하게 드러내면서, 그런 모습을 적극적으로 받아들이는 마음, 그리고 그런 단단함을 기반으로 약자들을 공감하고 포용하는 자세였다.

결국 어느 사회에 살고 싶냐고 묻는다면, 나는 프랑스와 한국 중 어떤 사회도 더 옳고 그르다고 말하고 싶지 않다. 판단하지 않고 그냥 보여주고자 했다. 국가의 역할과 사회의 법칙에 대해서도 나는 느낌표를 붙여 주장하고 싶지도 않다. 명확한 건 내가 원하는 사회는, 사람들이 제 리듬을 가질 수 있는 사회, 그렇게 단단한 사람들이 모여 다른 사람을 미워하지 않고 사랑을 줄 수 있는 그런 사회다. 박탈이나 불안, 미움이 지배하는 사회가 아니라 공감과 이해가 기반이 된 사회. 내 모든 글의 결론이자 결국 도달하게 되는 생각의 끝인, 세상을 향한 사랑을 줄 수 있는 사람들이 많은 사회다.

Capture 3.

해뜨기 전이 가장 외롭다

해뜨기 전이 가장 외롭다

위트는 '해변의 사나이'라고 불리는 한 인간을 나에게 예로 들어
보이곤 했다. 그 남자는 사십 년 동안이나 바닷가나 수영장 가에서
여름 피서객들과 할 일 없는 부자들과 한담을 나누며 보냈다.
수천수만 장의 바캉스 사진들 뒤쪽 한구석에 서서 그는 즐거워하는
사람들 그룹 저 너머에 수영복을 입은 채 찍혀 있지만 아무도
그의 이름이 무엇인지를 알지 못하며 왜 그가 그곳에 사진 찍혀
있는지 알 수 없다. 그리고 아무도 그가 어느 날 문득 사진들 속에서
보이지 않게 되었다는 것을 알아차리지 못할 것이다. 나는 위트에게
감히 그 말을 하지는 못했지만 나는 그 '해변의 사나이'는 바로
나라고 생각했다. 하기야 그 말을 위트에게 했다 해도 그는 놀라지
않았을 것이다. 따지고 보면 우리는 모두 '해변의 사나이'들이며
'모래는-그의 말을 그대로 인용하자면-우리들 발자국을 기껏해야
몇 초 동안밖에 간직하지 않는다'고 위트는 늘 말하곤 했다.
— 파트리크 모디아노, 『어두운 상점들의 거리』*

* 파트리크 모디아노, 『어두운 상점들의 거리』, 김화영 역, 문학동네,
2010.

1.

새벽에 잠이 깨서 다시 잠을 청해도 쉽게 잠이 들지 않을
때가 있다. 새벽 네 시 혹은 다섯 시, 느닷없이 번쩍 눈이
뜨이고 나서는 한참을 뒤척이다 결국 불을 켜고 일어나 앉게
된다. 전날 밥도 제대로 먹지 않고 마신 술이 속을 쓰리게도
하고 허기지게 한다.

　　새벽이 가진 특유의 고요는 막 깨어난 감각들을
더 집중하게 만든다. 첫 메트로가 지나는 소리, 윙 하고 귀
언저리에 계속 머물러있는 정체불명의 진동, 바람에
살랑살랑 흔들리는 커튼, 팔과 다리의 근육이 움직이는
모양. 이 새벽을 표현할 수 있는 풍부한 어휘력과 표현력을
가졌으면 좋겠다.

　　새벽에 가만히 앉아 아침이 있는 삶에 대해 생각했다.
한국에서 나는 소위 아침형 인간이었다. 일찍 일어나서 능률
좋게 중요한 일을 처리했다. 오후에는 조금 더 힘을 뺐고,
저녁에는 스위치를 껐다. 일할 땐 에잇 투 파이브로 출근하는
문화였고, 나는 그 생활 리듬이 좋았다. 대학 시절 일찍
도착한, 아무도 없는 강의실에서 폴 오스터나 아멜리 노통브
같은 걸 읽던 기억이 떠올랐고, 시험 기간, 추운 공기를 뚫고
시린 콧등을 비벼가며 도서관을 향하던 새벽도 그리웠다.
일찍 시작한 하루는 언제나 나를 부지런하면서도 여유 있게
만들었다.

　　파리에서의 삶에는 아침이 없다. 아침이 사라지고

부터의 내 삶은 하루살이 같다. 일어나고 싶을 때 일어나고, 자고 싶을 때 자고, 일상적인 패턴도 없이 그날 하루하루 마음 내키는 대로 산다. 새벽에 깨어 아침을 걱정하지 않아도 되는 나는 굳이 다시 잠을 청하지 않는다. 눈 앞에 펼쳐질 하루를 어떻게 살아야 할까 순간 아찔함을 느낀다. 길게 이어질 하루를 위해 이 새벽을 포기하지 않아도 되는 삶. 누구나 가장 치열하게 살아가고 있을 이십 대 후반에 이다지도 잉여로운 삶이라니.

구수한 모카포트 커피를 내려 마시는 아침. 전날의 찌질함에 대한 자기혐오와 그럼에도 불구하고 오늘부터는 열심히 살자는 다짐과 함께 생긴 이상한 희망을 동시에 느낀다. 한국의 익숙한 사람들 그리운 사람들이 떠오르고 그들과 함께하는 삶을 짧게 상상한다. 스포티파이가 추천하는 음악을 듣다 Herman Düne 라는 듀오를 발견했다. 찾아보니 이 독일 이름을 가지고 영어로 가사를 쓴 이 밴드는 프랑스 출신이었다. (프랑스어로는 에르망 뒨느라고 한다지만, Herman은 너무 독일식의 이름이 아닌가.) 〈My home is nowhere without you〉라는 노래는 그래서, 뿌리내릴 곳을 찾는 정처 없는 이의 노래인 건가. 파리에 사는 사람들의 다양함에 대해서 생각했고, 그럼에도 불구하고 왜 파리는 이곳을 떠나려는 사람들로 가득 차 있는 걸까 하는 의문이 들었다.

파리에 사는 외롭고 어찌할 줄 모르는, 사랑스러운 영혼들을 생각한다. 자존감은 현실 자아 나누기 이상적인

자아라고 혹자가 말했다. 파리에 온 많은 이들은 이상적
자아가 너무 높아서, 그럼에도 불구하고 현실은 잔인해서
방금이라도 무너져내릴 것처럼 아슬아슬한 걸까. 파리에
처음 왔을 땐 사람들이 왜 저렇게 찌질함을 전시하는 걸까?
라고 생각했었는데, 계속 있다 보니 그렇다고 못 할 건
또 뭐냐고 생각하게 된다. 파리란 도시는 너무 아름다워서,
그 안에서 제 존재를 부각하려는 인간만이 한없이 약하고
못나게만 보인다. 못난 인간일수록 빛을 발할 수 있는
데가 파리인 것 같기도 하고.

　　나는 나의 외로움이 굉장히 고질적이라고 생각했는데,
가만히 앉아서 그냥 주절주절 아무거나 써 내려가는 이때,
외로움이 나에게 전혀 익숙하지 않았단 사실을 깨닫는다.
나는 언제나 사람들과 함께했고, 술을 마시고, 책을
읽고, 청소를 하고, 기타를 치고, 잠을 잤다. 내 삶을 옆에서
들여다봐 주는 사람이 언제부턴가 항상 존재해왔다.
내 삶과 감정이 '언제나 그 사람들에게 표현되어야만' 했던
것이다. 나는 그 사람들 속에서 살았고, 그것이 아닌
삶은 존재하지 않는 것처럼 느껴졌다. 이렇게 혼자 앉아
가만히 외로움이란 놈을 대하다 보니 조용하고 사려 깊은
이놈이 사랑스러워진다.

　　세상의 모든 사물이 자신의 기능을 다 해서
톱니바퀴처럼 맞물려 돌아가는 사회는 재미없고 끔찍하다.
나에게 내 기능을 해내라고 강요하는 사회를, 모두에게서
기능을 찾아내는 사회를, '이점'만을 얘기하는 사회를

경멸한다. 그럼에도 불구하고 전 세계를 가로지르는
재화들처럼, 사람들도 가로질러지길 찬양하는 사회의 신념에
대해서 생각한다. 글로벌 시대의 인재. 그러나 내가 이
사회가 요구하는 기능을 전혀 하지 않고 있다는 것이, 내가
어떤 사회에도 속하지 않고 잉여인 것이 만족스럽다.

비빔면을 끓이다 찬물에 면을 헹구지 않은 채 소스를
부어버렸다. 비빔면 특유의 탱글탱글한 맛은 사라지고,
얇디얇은 면은 순식간에 푹 퍼져버렸다. 어찌할 도리가 없어
뜨거운 면을 호호 불어가면서 먹어 치웠는데 너무 맛이
없다. 퍼져버린 비빔면에 내 삶을 대입하는 건 절대 아니다.

스트라스부르행 완행열차

2016년 새해 첫날, 친정 같은 스트라스부르로 간다. 밀린 숙제를 겨우겨우 주리를 틀며 마무리하고, 라디오에서 스트라스부르의 기온이 3도라는 말에 대강 쑤셔 넣은 짐 안에 옷가지를 몇 개 더 챙겨 넣고, 새벽 열차를 타기 위해 졸린 눈을 비비며 북역으로 왔다. 파리 북역은 평소에도 그렇지만 새해 첫날, 새벽은 더 스산하다. 역의 저렴한 커피숍에서 산 커피도 맛이 없다. 역시 싼 값에 15유로를 주고 끊은 기차는 TGV와는 달리 느릿느릿, 스트라스부르로 향할 테다. 꽉꽉 내려받은 팟캐스트와 엄마가 보내준 씨네21이 있기에 여정은 나쁘지 않았다. 노곤한 몸을 이끌고 잡지를 읽으며 서울로 가던 그 부산발 기차의 풍경과 닮았기 때문이다.

프랑스로 오기 전에 나는 부산과 서울을 오가는 장거리 연애를 했었고, 프랑스 어학원 수업을 마친 밤에 초량에서 부산역까지 걸어가 기차를 타곤 했다. 그때의 여행길에도 커피와 씨네21이 내 손에 들려있었다. 그렇게 서울역에

도착하면 언제나 애인이 한 번도 예외 없이 나보다
먼저 나와 나를 기다리고 있었다. "용빈아 왔어?" 하며 열
일 제쳐두고, 나의 하루에 대해 묻고, 내 이야기를 조곤조곤
들어주고, 내 수다에 크게 웃던 사람.

스트라스부르에 있는 영주 언니도 그랬다. 프랑스에서
내가 제일 의지할 수 있는 사람이자 나에게 많은 영향을 끼친
언니이며 오랜 시간 깊은 우정을 나눈 친구였다. 언니와는
2008년 중국 시절을 함께 보냈다. 서로의 삶이 혼란스러웠던
시기를 보낸 만큼, 어떤 삶의 혼란이 찾아올 때 누구보다
먼저 생각나는 사람. 언니가 있어서 내가 해낼 수 있는 것들이
너무 많았다. 언제나 내 삶에 무한한 용기와 지지를 주는
사람이 있다면 그건 영주 언니였고, 나 역시 언제나 언니의
삶을 지지하고 응원하고자 했다.

영주 언니는 스트라스부르에서 사회토론모임을 하고
있다고 했다. 이제 막 시작했고 다 같이 만나자고 했다. 세월호
희생자들을 추모하기 위한 행사를 기획 중이라고 했는데,
스트라스부르 휘피블리그 광장에서 신발을 전시하고
피크닉을 여는 걸 생각하고 이있다고 했다. 한국에서 훌훌
떠나왔다고 생각했던 우리는 언제부턴가 '무엇이라도
해야겠다'고 말하고 있었다.

며칠 전엔 생말로에서 파리로 오는 새벽 기차를 탔다.
빠르고 깔끔한 TGV였다. TGV가 Reine에 서자, 아침부터
파리로 와야 하는 많은 출근자들은 말끔한 정장을 차려입고
하나둘 기차에 올라타더니 어느새 기차를 꽉 채워버렸다.

왠지 좁고 불편하게 느껴진 가족석의 창가 자리에서 혹
빈자리가 있는지 휙 둘러봤지만, 빈자리를 찾을 수 없었다.
기차 안을 휙 둘러보던 눈을 거두어 마저 웅크린 채,
다시 잠을 청했었다. 정장을 입고 일상을 촘촘하게 살아가는
사람들 사이에서, 당장 오늘의 할 일 없는 내가 왠지
초라하게 느껴져서.

그러나 이 스트라스부르행 완행열차는 어떤가.
역시 가족석 복도 쪽에 앉은 나는, 창가 쪽에 앉은
한 아프리칸프랑세즈와 나란히 앉았다. 그러나 기차가
출발하도록 우리의 맞은편엔 누구도 들어오지 않았고
내 옆의 아이는 신발을 벗고, 다리를 쭉 뻗어 맞은편 좌석에
얹히고서는, 야상을 뒤짚어 쓰고 잠을 청하기 시작했다.
나 역시 워커를 벗어놓고 다리를 쭉 뻗었는데, 모두들 그렇게
다리를 옆좌석에 올려놓거나 머리를 창가에 기대서
모자란 잠을 보충하고 있는 것이 보였다. 커다란 짐을 들고
탔던, 두 명의 한국 여행객들은 서로의 몸에 기대 입을
벌리고 잠들어있었다. 분명 이주일, 혹은 한 달 치의 유레일
패스를 끊어 스트라스부르행 제일 싼 기차를 예약했을
이들. 돈보다 시간이 많은 사람들이 탔을 이 열차 안에서,
나는 마음이 한결 편해졌다.

누구 하나 부산하지 않고 시끄럽게 떠들 일도 없이,
그렇게 스트라스부르행 새벽 기차는 평화롭게 달린다.

한가을의 판타지아

착해지지 않아도 돼
무릎으로 기어 다니지 않아도 돼
네가 누구든, 얼마나 외롭든,
너는 상상하는 대로 세계를 볼 수 있어.
기러기들, 너를 소리쳐 부르잖아, 꽥꽥거리며 달뜬 목소리로-
네가 있어야 할 곳은 이 세상의 모든 것들
그 한가운데라고
— 메리 올리버, 「기러기」 중*

프랑스어로 하는 수업은 점점 무슨 말을 하는지 알아듣지
못하겠고, 친구들과의 대화는 언제쯤 긴장을 놓고 마음 편히
얘기할 수 있을지 걱정스럽기만 하다. 한국에서라면,
한국어로 한다면, 하는 생각들이 내 선택을 돌아보게 하고,
점점 이런 상황이 나를 짓누른다. 언어라는 장벽에 부딪혀

---

*   김연수, 『세계의 끝, 여자친구』중 「네가 누구든, 얼마나 외롭든」,
      문학동네, 2009.

자의식은 점점 무너져내리고 있었다. 허약한 이상주의자의
자의식.

　나의 자잘한 취향이나 잘난 줄만 알았던 공무원의
경력 따위는 아무것도 아니었다. 무엇 하나에도 어떤 강한
열정을 가져본 적도 없는 나는, 실패한 적도 없었지만
딱히 무엇에도 성공한 적도 없는 듯 느껴졌다. 이곳에선
무엇에 기대야 하나. '나'라는 존재 증명을 도대체 무엇으로
해야 하나. 누구의 애인이거나, 어떤 직업을 가졌거나,
무엇을 한 사람이라거나- 나를 감싸던 그 많은 옷들이
사라지고, 나는 이곳에서 말 못하고 버벅거리는 한 아시아
여성일 수밖에, 그 외에 어떤 포지셔닝을 가져야 할지
모르겠다. 프랑스에 가기 전엔 특별해지고 싶었는데 파리에
오니 난 누구보다 평범하고 싶다.

　그러던 중에 파리 한국영화제에 초청팀 스태프로
일하게 됐다. 개선문이 있는 트로카데로에서 매년 10월 말
열리는 영화제다. 처음엔 유학생들의 영화 동아리로
시작했다가, 점점 규모를 키워가 내가 참여했던 2017년은
10회를 맞았다. 부산국제영화제를 키운 김동호 위원장부터
류승완, 최동훈 감독 같은 천만 영화감독부터 장건재,
김대환 감독 등 그 해 주목할 만한 영화를 만든 감독들도
파리를 찾았다. 공항에서 이들이 도착하면 숙소를 안내하고
일정을 전달 및 소화를 담당하는 게 나의 일이었다.

　나는 류승완 감독님 팀과 일정을 같이 했다. 류승완
감독님은 루이뷔통 재단 미술관을 다녀와 영화의 구도를

얘기했고, 음료수 하나를 봐도 영화와 연관 지어서 말했다. 류승완 감독님과 최동훈 감독님은 나의 사투리를 듣더니, 국내에서 사투리를 가장 잘하는 배우에 대해서 이야기하기 시작했고, 절대 사투리가 고쳐지지 않는 배우에 대해서 말하며 웃었다. 장건재 감독님과 김대환 감독님, 홍석재 감독님과는 시네마테크 프랑세즈에 함께 갔다. 그때 마틴 스콜세즈 감독의 특별 전시를 하고 있었고, 세 감독님들의 신난 모습을 지켜보며 흐뭇했다. 이렇게까지 영화에 열정적이기 때문에 그렇게까지 될 수 있는 거구나. 바르든 느리든 그들의 호흡대로 영화에 푹 빠져서 영화를 만드는 모습을 지켜본 건 행운이었다.

영화제에서는 그립던 한국 영화를 만나볼 수 있다. 시간이 많이 나진 않았지만, 중간중간 틈틈이 스태프들이 영화를 볼 수 있게 했다. 그중에서도 장건재 감독님의 〈한여름의 판타지아〉는 내게 그해의 영화가 되었다. 김새벽 배우가 연기한 혜정의 모습이 나의 모습과 닮아있어서 눈물이 많이 났다. 꿈을 좇다가 어떻게 해야 할지 막막해져 버려서, 물러설 곳도 없이 나를 몰아붙여 어디론가 왔는데 이제는 나아가야 할 길도 돌아가야 할 길도 보이지 않아서, 그냥 주저앉아서 울고만 싶어서. 〈한여름의 판타지아〉는 이와세 료처럼 나를 위로했다. 꿈의 노예가 되지 않길. 따뜻한 눈으로 바라봐주는 사람들에게서 힘을 내길. 과할 필요는 없지만 내 멋과 스타일을 추구하는 사람이 되길. 아등바등하지 않아도 돼, 따뜻한 사람들 사이에서 조금 느리게 살아도, 그것도 나쁘지 않잖아 라고.

다시 일상으로 돌아오면서, 그들처럼 내 호흡대로
내가 좋아하는 일과 열정을 가진 일을 해야겠다고 생각했다.
바쁘고 게으른 삶을 청산하고, 안 바쁘고 부지런한 삶을
살아야겠다고. 누구나 자신의 영화를 세상에 내놓는 것은
아니지만, 자신의 인생을 자신의 정신이 담긴 예술로
살아낼 수 있으니까.

홍상수의 영혼들

파리에서는 참 많은 인연을 만나 처음 본 사이에도 과잉된
감정에 빠진 사람들을 많이 만나게 되는데, 이 과잉된
감정의 실체는 무언가를 직시할 용기가 없어 뱅뱅 돌아가는
이야기들로 흐릿해진다. 자신의 과잉된 감정을 드러내고,
그 감정에서 빠져나오지 못해 허우적거리면서 사람들은
연약함을 전시한다.

이런 순간에는 왠지 한국에 있던 사람들이 떠오른다.
한 땅에 단단히 고정된 사람들. 그들과 같은 취향을 공유하고,
함께 어울리던 시기가 떠오르면 나는 지독한 그리움에
빠진다. 내가 파리의 사람들을 보면서 느낀 그 정처 없음을
한국에서 뿌리 깊이 서 있는 사람들은 나를 보며 느꼈을까.

거의 모든 홍상수 영화를 챙겨보면서도 나는 사람을
그리는 홍상수의 세계관이 참 부정적이라고 생각했다.
영화 〈잘 알지도 못하면서〉에서 자기보다 잘 나가는 감독을
시기 질투하며 찌질함을 시니컬인 양 분출하는 마음. 〈생활의
발견〉을 포함한 거의 모든 홍상수 영화에서 너무 쉽게

욕망에 사로잡혀 버리는 사람들. 자신이 다 아는 척, 잘난 양 지껄이는 〈하하하〉의 속물들. 홍상수는 이런 인간군상을 너무 잘 보여주면서도, 이 사람들을 한 발자국 떨어져서 응시했고, 나는 거기에서 냉소의 마음을 발견하곤 했다.

이런 홍상수의 시선은 언제나 솔직함이 미덕만은 아니라는 걸 말해주기도 했다. 내 마음 편하자고 다른 사람을 불편하게 하는 솔직함은, 사실은 비겁함이라는 걸.

그래서 파리에서는 홍상수의 영화보다 임순례의 사람을 그리는 따뜻한 시선이나, 도처에 널린 절망에도 희망을 끌어올리는 이창동을 떠올리곤 한다. 자신의 인생에서 한 번도 꺼내지 않았던 끔찍한 비밀을 너무나 덤덤하게 꺼내는 한 동생의 이야기를 들으면서 영화 〈밀양〉의 마지막 장면, 전도연이 집으로 돌아올 때 마당을 비추던 그 숨어있는 볕이 되어주고 싶다고 생각했다.

슬픔을 집에 가두지 말고 풀자고 했다

1.

도마를 처음 들었던 건 쁘와띠에 기숙사 골방에서였다. 그때 내 플레이리스트는 한국 인디신의 포크 음악으로 채워져 있었다. 깨끗한 통기타 소리와 단순한 리프로 구성된 리듬과 멜로디 위에 입혀진 따뜻하고 조곤조곤한 우리말 가사가 좋았다. 어떤 음악보다 진실하게 자신이 속한 땅의 목소리를 담아내는 장르가 있다면 그건 포크가 아닐까.

그때 유튜브 영상에는 뮤지션 도마의 '노브라'가 논란이었다. 브라를 하지 않고 나시를 입은 게 선정적이라는 댓글들. 도대체 선정성이란 걸 어떻게 정의해야 하는지 모르겠지만, 그 당시 텔레비전에 나오는 여성 걸그룹들의 대부분이 몸매가 다 드러나는 짧은 의상을 입고 다리를 벌리고 엉덩이를 흔들고 몸을 털었다. 지금은 그녀가 노래하기에 더 나은 세상이었을까.

너무 예쁜 가사를 쓰고 참새처럼 노래하는 도마의

갑작스러운 죽음이 너무 허망해서, 왜 좋은 사람들은
이렇게 쉽게 우리 곁을 떠나는 걸까 생각했다. 사람의 나쁜
마음이 중력처럼 계속 이 세상에 남아있게 하는 걸까?

2.

모든 일하는 엄마를 둔 아이들이 그렇듯 나 역시 외할머니의
손에 컸다. 외할머니는 마산에서 문구점을 하면서
다섯 남매를 키웠고, 아들 하나와 딸 넷을 길러냈다. 그중 딸
하나는 학생운동에 가담해 감옥살이했으며, 그때 외할머니는
성당의 신부님과 함께 수용소 앞을 왔다 갔다 했다.
그런 한 편, 아들 하나는 베트남 전쟁에 참전해 국가유공자가
되었고, 노태우 전 대통령의 표창을 받았다. 외할머니는
정치적 의견을 포함해 어떤 견해도 잘 이야기하지 않는
사람이었는데, 외할머니의 두 아이들은 누구보다 강하게
그들의 의견을 주장했고 절대로 물러서는 법이 없었다.
조화롭지 않았던 시절 그들을 길러내고, 또 다섯 아이의
자식들 역시 손수 길러낸 할머니는, 목욕탕을 가다가
뺑소니를 당해 쓰러졌고, 결국 그렇게 병원에서 앙상해지다
돌아가셨다.

원래도 작고 왜소했던 할머니는 어디서 그런 힘이 났던
건지 서울과 마산과 부산을 오가며 다섯 아이들의 자식들을
길러내면서, 깨끗함에 대한 강박을 드러냈다. 할머니와
엄마가 가장 많이 다퉜던 일은 엄마가 한 번만 입은

옷을 할머니가 다 빨아버린다는 것이다. 그것도 손으로
박박. 학교에서 돌아오면 할머니는 매일 하루도 빠짐없이
베란다에서 빨래를 하고 있었다. 일요일 한 시에는 5인용
차에 우리 가족 여섯이 끼여 앉아 온천장에 있는 목욕탕엘
갔다. 할머니는 거기서도 부지런히 당신의 때를 밀고
우리들의 때까지 박박 벗겨주었다. 할머니와 같은 방을 쓰던
나는 수능 전날 할머니가 조심스럽게 방으로 들어오던
그 기척을 기억한다. 내가 필요한 걸 챙기고 머리에 들어오지
않는 문제들을 마지막으로 들춰보고 마음을 추스리던 늦은
밤까지, 방문 밖에서도 나를 바라보고 있었을 당신의 마음이
문턱을 넘어서는 발걸음에 녹아있었다.

　　사실 할머니와는 깊이 있는 대화를 한 적도 잊지
못할 추억이 있는 것도 아니다. 하지만 할머니는 내가
감정적으로 동요하지 않고 함께 오랜 시간을 있을 수 있는
거의 유일한 사람이었다. 나 같은 성격의 사람이 누군가와
함께 살 수 있을까 의심스러울 때 할머니를 떠올리면 마음이
조금은 넉넉해진다. 프랑스에서 잠시 한국에 들어왔을 때
병원에 입원해있던 할머니는 사람들을 못 알아보는
와중에서도 나를 알아보고, 용빈아, 용빈아, 했다. 나는
할머니, 할머니 했다. 나는 할머니에게 어떤 무한한 사랑을
받았다기보다 차별 없는 관심을 받았다. 할머니는 친조부모와
부모가 우리 남매에게 가지고 있는 서로 다른 크기와
모양의 애정들에 내가 상처받고 의기 소침해있다는 것을
알았다. 할머니는 남동생과 나를 다르게 대하지 않았고,

외삼촌의 아들과 딸 중 누구 하나를 더 좋아하지도 않았다.
어쩌면 당신이 재력으로 자식들과 손주들에게 군림했던 것이
아니어서, 그냥 똑같이 어느 집에 가든 그 아이들의
코 묻은 손을 똑같이 닦아주어서. 그래서 할머니의 장례식은
고결했고, 모두가 똑같이 진심으로 슬퍼했다.

3.

부산으로 항상 귀소본능을 가지게 된 건 내 가족과 오랜
친구들이 있는 고향이었기 때문도 있지만, 언제나 그 자리에
변함없는 모습으로 있을 듯한 부산 로커들의 존재가
큰 몫을 차지했다. 한 땅에 뿌리를 내리고 사는 사람들.
그들 사이의 크고 작은 갈등, 서울과 다른 지역으로 오가는
여럿이 존재하는 와중에도 부산에서의 한 음악 씬을
형성했고, 그들을 선망했던 소녀이자 여대생이자 직장인은
그 음악들과 함께 커갔다.
　　서면에서 부산대, 경성대에는 부산에 사는 외국인들이
10시에나 학원 강습을 마쳤기 때문에 그때 씬이 열리곤
했다. 맥주와 샷을 마시면서 이 클럽 저 클럽을 옮겨 다니며
우리는 라이브 음악에 맞춰 춤을 췄고 밤새도록 문을 여는
바에서 새벽까지 술을 마시곤 했다. 서울의 음악이
신스팝이나 포크같이 편안하게 들을 수 있는 음악들로
옮겨가던 와중에도, 이들은 머리를 세우고 징을 박고 체인을
달고 펑크 음악을 했다. 그저 언제든 돌아가면 그곳에 있을

것 같던 세월을 지나오면서 부산을 대표하는 밴드가 된 세이수미는 〈Old Town〉에서 "내가 아는 친구들은 다 이 도시를 떠났고, 나 혼자만이 이 도시에서 늙어가. 나는 여기 머물고 싶어, 그러나 나는 여길 떠나고 싶어"('All the friends I used to know left this town Only I'm getting old with this town I just wanna stay here But I wanna leave here')라고 노래하면서, 뚝심 있게 부산에서 음악하는 씁쓸하고 고결한 정서를 표현했다. 이 음악들이 없었다면 나는 내 안에 있는 만성적인 보바리슴을 똑바로 직시할 수 있었을까.

세이수미의 초대 드러머 세민 오빠 역시 세월이 지나도 그 자리에 존재할 듯한 사람이었다. '세상에서 가장 학력 높은 거지'가 꿈이었던 세민 오빠는 항상 위트있는 태도와 현실에 뿌리를 둔 현자의 긍정을 가진 사람이었다. 그럼에도 오빠에게는 크고 작은 불행들이 생겼고, 그런 일들을 마주하면서도 베시시 웃기만 했던 모습을 보며 나는 신이란 게 존재한다면 너무 잔인하다고 생각하곤 했다.

'부산아들' 신영 오빠도 마찬가지였다. 부산을 아이덴티티로 했던 이 밴드는 잔잔한 송정 바다 같은 노래를 불렀는데, 애정 가득한 시선을 담아 부산 곳곳을 노래했다. 신영 오빠는 누구보다 깊고 선량한 마음으로 주변의 사람들과 동물에게 애정이 듬뿍 담긴 농담을 참 위트있게 한 사람이었다. 세민 오빠와 신영 오빠는 누구보다 맑고 표표하고 순수한 마음을 가졌고, 참 드물게 그들은 세상에 무해했다.

　　내가 프랑스를 떠나 한국에 도착한 2017년 4월 1일,
신영 오빠는 음주운전 사고로 끝내 세상을 떠났다. 세민
오빠는 내가 프랑스에 있을 때 사고로 쓰러져 결국 병원에서
일어나지 못했다. 두 사람을 보내는 과정은, 부산의 음악씬에
있던 모든 사람에게 너무나 힘든 일이었고, 사이드카는
신영 오빠를 그리는 노래를 불렀고, 세이수미는 세민 오빠를
위한 공연을 했다. 세민 오빠의 장례식이 있었던 직후,
세이수미는 서울 공연에서 세민 오빠에 대한 노래 〈Just
joking around〉를 부르며 눈물을 삼켰고 나는 그들의
몫까지 울었다.

　　"어딜 그렇게 오래갔었어? 네가 있던 곳으로 돌아와.
우리 함께 하던 곳으로."('Where have you been for so long?
Go back to where you were. Where we were together.')

야마가타 트윅스터

1.

내 인생의 꽤 굵직한 연애에는 언제나 야마가타 트윅스터가
등장하곤 했다.

한번은 2012년 5월 한예종에서 열렸던 51+ 공연이었다.
홍대의 젠트리피케이션에 맞서 칼국숫집 두리반을 지키고자
홍대의 인디 음악가들이 50회 이상의 공연을 하며
투쟁의 의미를 다진 공연이다. '홍대'라는 관념의 공간이 없던
시절, 로컬 가게들의 생성과 음악가들의 공연이 이어지고,
사람들이 하나둘 모여들면서 어느새 꽤 큰 상권이 형성되었다.
그러나 홍대를 만든 가게나 음악가들은 그 땅을 '원래'
가졌던 사람들에게서 쫓겨 사지로 몰리게 되었다. 그런 현실의
아이러니를 알리고, 그 땅을 가진 사람들뿐만 아니라 그
땅을 만들고 기른 사람들도 권리가 있다고 말하는 자리였다.
야마가타 트윅스터로 활동하는 한받 씨가 주축이 되어
공연을 기획했고, 공연에는 전국의 인디밴드들이 참여했다.

결연하면서도 어떤 공연보다 즐겁고 신났던 공연. 거기서 나는 연애를 시작했다.

아는 밴드의 친구이자 뮤지션이던 사람. 친구 밴드의 공연을 보는데 그가 서 있는 각도가 밴드를 향하지 않고 나를 향하고 있다는 걸 나는 눈치챘다. 한남동 클럽에서 이어지던 뒤풀이에서 우리 모두 술을 많이 마셨는데, 그는 편의점에서 여명을 여러 병 사 와서 우리에게 건넸다. 나보다 열 살이 많았던 그는 나에게 여명 뚜껑을 열어주며 "이것 좀 드세요" 라고 말했다. 블루스를 좋아해서 그 뮤지션들처럼 언제나 양복을 입고 다니던 사람. 양복 차림으로 기타를 메면 세상 어디라도 끝없이 갈 수 있을 것 같던 사람.

그의 차를 얻어타고 오는 길에 그는 나에게 좋아한다고 말했다. 대리기사는 남자분이 정말 좋아하시나 봐요, 라고 말했다. 나는 지금의 홍대역 8번 출구 앞, 영플라자가 세워지기 전 부지에서 그날 먹은 모든 술을 게워냈고 그는 내 등을 토닥토닥 두드렸다.

그는 프랑스로 떠나기 전, 내가 만났던 사람이다. 내가 프랑스를 선택하기 위해 매몰차게 등졌던 사람. 내가 실재하지도 않는 파리의 환상에 빠져있을 때, 그는 현실에 뿌리를 두고 흑인 음악의 뿌리를 파고들었다. 나보다 더 깊게 들어가서 생각했고 더 넓게 생각할 줄 알았으면서도, 나의 이야기를 다정하고 따뜻하게 들어줬다.

블루스의 특성 때문일까. 그는 다양한 표정을 매우 풍부하게 표현할 줄 아는 사람이었는데, 그러나 그 끝은 언제나 푸른빛의 슬픔이었다. 웃고 있는데도 꼭 눈물을 흘릴 것 같은 얼굴이었고, 슬픈 순간에는 오히려 방긋 웃었다. 세상의 슬픔을 모두 끌어안으려는 태도로 모든 것이 '다 내 탓이요'라는 책임감을 느꼈다. 블루스는 그에게 세상의 슬픔을 끌어안아 그것을 풍자하고 회화화함으로써 다른 사람들은 그걸 웃으며 바라볼 수 있도록 현상을 드러내는 변환 장치이자 과정이었다.

그렇게 세상을, 나의 좋은 점과 나쁜 점을 모두 끌어안는 태도를 가졌던 그는 나에게 나의 부모조차 주지 않았던 무한하고 조건 없이 깊기만 한 애정을 주었다. 가끔은, 그래서 또 오히려 그와의 이야기 속에 가끔 '나'는 없는 것 같은 착각에 빠지기도 했다. 그 사람이 너무 강한 태양처럼 세상과 나를 따스한 빛으로 비추고 있을 때, 진짜 나라는 존재는 낮에는 보이지 않는 별처럼 그의 곁에서 도무지 보이지가 않았다. 왜 나는 그냥 예쁜 구름이나 산이나 나무 그런 게 아니라 꼭 태양과는 함께 있을 수 없고 어둠이 있어야만 희미하게나마 세상에 존재하는 별이어야 했을까. 그의 사랑과 더불어 살아갈 수 없어서, 그게 너무 슬펐다.

2.

야마가타 트윅스터가 파리에 왔다. 야마가타 트윅스터의 퍼포먼스와 함께 누비는 파리의 거리는 너무 근사했다. 프랑스 사람들은 열광했고 나는 차오르는 국뽕을 느꼈다.

공연장에 들어가기 전에 담배를 피우는 사람과 슬쩍
스쳤다. 야마가타 트윅스터와 함께 노래를 부르며 거리를 누빌
때도 그는 저만치 서서 담배를 피우며 사람들을 지켜보고
있었다. 그 시선이 이상하게 계속 신경 쓰였다. 공연이 끝나고
공연장 입구에서 쁘와띠에에서 함께 공부하던 사람들과
마주쳤고, 그는 여전히 담배를 피우며 이 무리와 함께 있었다.
쁘와띠에 사람들과 그, 나와 내 친구가 함께하는 술자리가
바스티유역 근처의 바에서 이어졌다.

그는 공교롭게도 내가 여름 동안 단기 임대를 위해
알아봤다가 집을 보러 가기로 한 날, 몇 시간 전 못 가겠다고
일방적으로 취소한 집의 주인이었다. 그때 그는 그런 나의
태도에도 괜찮다고 얘기해줬는데, 그 말에 마음이 상했거나
비난하는 투가 담겨있지 않아서 미안함을 덜 수 있었던 기억이
났다. 2차는 그의 집에서 이어졌고 우리는 밤새도록 한국의
군대며, 한국의 문화며 심각한 얘기들을 잔뜩 늘어놓고는
새벽에서야 흩어졌다. 그의 방에서 충전 중이던 내 핸드폰을
깜빡한 채.

다음 날 나는 핸드폰을 찾으러 그의 집에 다시 가게
되었다. 그는 집 앞 바에서 친구들과 어울리고 있었다.
바 사장과 프랑스 친구들과 사이에서, 오랫동안 함께 한 익숙한
이들의 우정이 느껴졌다. 그는 10년 동안 프랑스에 있었고
그중 7년을 그 동네에 머물렀다. 나는 그가 쌓아놓은 우정의
깊이에 기대, 사람들 사이에 끼어서 어색하지 않은 자리를
차지하며 앉을 수 있었다. 그와 친구들은 나에게 많은 것을

물어봤고, 나는 왠지 으쓱하며 오랜만에 쏟아지는 따뜻한
관심에 헤벌쭉했다.

외로움이 흘러가는 방향은
가늠하기 힘들다

"아 사랑스런 사람들 외로워서 사랑스런 사람들"
— 김목인의 노래 〈그게 다 외로워서래〉 중

기쁨, 슬픔, 울적함, 화남 같은 감정. 외부의 어떤 자극
으로부터 생겨나는 감정들은 비교적 쉽게 원인을 찾을 수
있다. 그러나 '외로움'이라는 감정은 가만히 있다가
불쑥 튀어나오기도, 왜곡된 형태로 나타나기도 한다. 혼자
있을 때 지독한 우울로, 어떨 때는 어색하고 자연스럽지
않은 행동으로, 폭발로, 회피로. 집에 간다하고 또 다른 데
간 일도, 이 시간까지 남아 귀를 기울이는 일도, 사실은
다 외로워서다.*

　　외로움은 대개 '외로워서 그렇다는걸' 모르고*, 감정을
느끼기보다 어떤 행동을 하게 된다. 깊은 외로움일수록
마음속에 숨어버리고 이성이 가닿을 수 없는 상태가 된다.

*　　김목인의 노래 〈그게 다 외로워서래〉 중

이런 외로움은 언제나 외면하고만 싶다. 꾹꾹 눌러 담은 외로움이 파편화된 감정들로 쏟아질 때, 우리는 가끔 이것이 나에게서 오는 게 아니라 외부에서 오는 거라고 탓하고만 싶어진다.

여기서 외부로부터 느끼는 감정과 외로움에 의해 파생된 감정의 차이가 무엇이냐고 반문할 수 있을 테다. 외로운 사람은 사실 감정의 정당성을 잘 모른다. 이를테면 내가 화가 나는 이유가 그 사람이 진짜 잘못해서인지 내 마음이 베베 꼬여있기 때문인지 구별이 되지 않는다. 어떤 감정이든 외로움이라는 필터를 거쳐 왜곡된 채로 발현되는 것만 같다.

내 감정의 원인을 다른 사람에게 너무 쉽게 전가시키는 것도 외로움이고, 내 감정을 도통 몰라 응당 느껴야 할 감정까지 지연시키는 것도 외로움이다. 전자는 너무 쉽게 화를 내고, 후자는 좀처럼 화내지 않는다. 나는 대체로 후자의 습관을 가진 사람이다. 분노를 느껴야 할 때를 깨달으면 이미 늦었고, 나의 감정이 누군가에게 확인받아야 하며, 그런 정당성을 수도 없이 머릿속에 곱씹어보곤 하는 인간이니까. 그러나 또 가끔 만만한 상대(대개는 남자친구)에게 옜다 싶어 전가시키곤 하는 감정들도 있다. 왜 이렇게 연락이 없니, 감정이 벌써 짜게 식어버린 거니- 같은 류의.

이렇게만 보면 외로움이 너무 부정적이지만, 나는 외로움만큼 긍정적이고 활기찬 감정도 없다고 생각한다. 내가 좋아했던 남자들도 나만큼 외로운 사람이었다. 본인의 감정에 관심을 쏟기보다는 타인의 감정에 더 많은 관심을 쏟아왔다. 나는 줄곧 그 관심들이 나에게만 오롯이 집중되도록 오만 노력을 다하면서 연애를 해왔는데, 그 사람을 프로파일러급으로 관찰하고 아주 소소한 것부터 진심을 다한 나의 노력들이 결국 그들의 마음을 나로 향하게 만들었다. 어쩌면 그런 것은 쌍방의 노력이었는지도 모른다. 그들 역시 나의 면면을 끝없이 관찰하고, 맞추기 위해 노력했을 테니까. 그것이 내가 연애를 하는 방식이었으며 연애를 할 땐 다른 것은 눈에 보이지 않는 이유였고, 연애에 목숨을 거는 배경이었다.

　가끔 외로움이 없었던 것 같은 확실하고 티 없고 말끔한 사람을 볼 때면 나는 그들의 인생은 꼭 방향이 일관되게 정해진 것만 같이 느껴진다. 스스로를 변화시킬 필요도 없고 그대로 쭉 밀고 나가면 되는, 화창한 날씨에 알맞은 바람을 일정하게 맞고 있는 돛단배처럼.

　나는 즉흥적이고 자기 검열의 양면적인 태도로, 나에 대한 아무런 확신 없이 살아가고 있다. 그래서 외로움이 고개를 치켜들어 나를 새로운 사람에게로 인도하고, 새롭게 영향을 받게 하며, 나를 변화시킨다. 그게 외로움이 일관되게, 나를 이끌어 온 방향성이다.

　나를 버리고 기꺼이 타인에게로 향하는 것이 외로움이 가진 방향성이다.

　그래서 외로움이 흘러가는 방향은 가늠하기 힘들다.

마이너스의 사랑

때로, 그 사람이 내 생각을 전혀 하지 않고 하루를 보내는 게
아닐까 자문해보기도 했다. 나는 존재하지도 않는다는 듯이 태연히
잠자리에서 일어나 커피를 마시고 이야기하고 웃는 그 사람의
모습이 눈앞에 보이는 듯했다. 한시도 그 사람에 대한 생각에서
벗어나지 못하는 나와의 차이 때문에 너무나 불안해졌다. 어떻게
그럴 수가 있을까.
— 아니 에르노 〈단순한 열정〉*

한 사람을 좋아하게 되었다. 감정은 불타오르고, 하루가
멀다고 밤새 이야기를 나누고 몸과 마음을 나눈다. 하지만
관계는 쉽게 결정지어지지 못하고 외줄 타기를 하는 마음으로
불안하고 위태로운 관계를 이어 나간다. 곧 사라질 관계라며
자기방어적인 태도를 유지하다가도 외로움이, 충동적인
마음이 매번 결심을 무너뜨린다. 그는 관계를 결정지을 수
있는 사람이면서 그것을 회피하면서도, 자신이 만들어놓은

---

*   아니 에르노, 『단순한 열정』, 최정수 역, 문학동네, 2001

감정의 격정 속으로 나를 가둬두는 집착을 보인다. 우리에게
이 감정들이 모두 소모되었을 때, 무엇이 남을까. 신뢰나
의리, 우정 같은 것이 아니라 거대한 욕망이 남기고 간 허무한
찌꺼기만 남을까.

그런 생각을 하면서도 나는 이 관계를 쉽게 벗어날
수가 없다. 부들부들 떨다가 갑자기 찾아온 이 온기를 내
의지로 떨쳐낼 수가 없다. 세계를 다 아는 것처럼, 누구에게도
관심 없는 것처럼 콧대를 세우고 있으면서 나는 내 세계를
점점 더 소극적으로 좁혀나갔고, 바깥세상을 해석해내는 데
귀찮음과 무력감을 느꼈다. 그런데 그는 세상에 대한
소극성을 열어젖혀 줌으로써, 나는 다시 생을 해석하고,
사랑을 고민하고, 감정을 느끼고, 새로운 인간상을 이해해야
하는 과제를 안겨줬다.

잘난 이들의 사랑이 독립적으로 살아갈 수 있는
두 사람이 서로에 대해 신뢰와 신의를 보여주면서 서로의
삶을 살뜰하게 돌보는, 그야말로 모든 것이 플러스일지
모르겠다. 하지만 나 같은 사람에게 사랑은 부족한 애정에서
기인해 의존할 수 있는 누군가를 만나 빠져드는 것이다.
이때 감정은 소모적이고, 빠져듦은 추락이다. 못난 이들은
마이너스의 사랑을 한다.

네시이십분 라디오

'네시이십분 라디오'라는 팟캐스트를 듣곤 한다. 진행자 준은 팟캐스트를 새벽 4시 20분에 녹음한다고 했다. 텅 빈 사무실 혹은 자신의 방에서, 이따금 나방의 날갯짓 소리만 들리는 적막이 휩싸인 새벽에, 그녀는 시를 읽고 사진을 설명하고 소설의 구절을 들려준다. 모두가 분주하고 정신없이 세상에 몸을 맡길, 일상적이고 습관적인 아침이 시작되기 전의 시간이다. 매 순간 대지가 만들어내는 에너지를 세상 사람들이 동시에 나누어 가진다고 생각하면, 그 시간대에 어떤 일을 한다는 것은 몇몇 사람들이 세상의 모든 기운을 특별히 많이 나누는 특권같이 느껴질 때가 있다.

프랑스에서는 이처럼 팟캐스트를 자주 듣는다. 파리에서 한국 책을 구할 곳이라고는 한자 섞인 표지의 계몽사 세계문학 전집이 들어선 한국문화원밖에 없기 때문이다. 나는 주로 김영하의 '책 읽는 시간'이나 '네시이십분 라디오를' 듣곤 한다.

네시이십분 라디오의 '아니 에르노의 『단순한 열정』'편

에서는 곧 프랑스로 떠날 친구가 게스트로 나왔고, 그 책과
프랑스에 대한 이야기가 펼쳐졌다. 실제로 나는 도서관에서
『단순한 열정』을 프랑스어로 읽은 적이 있었는데, 자극적인
서사와 그 특유의 나른하고 직설적인 문체 덕에 쉽게 읽혔다.
유부남을 절절하게 사랑하고 기다리는 여자 주인공의
이야기. 아니 에르노는 항상 자전적인 사랑 이야기를 쓴다고
했다. 그들은 "아니 에르노가 유부남을 사랑했던 것처럼
위험한 사랑을 할 수 있을 거냐"고 물었고, 그에 대한 대화를
하면서 "프랑스에서의 사랑이 그런 걸까요?" 했다. 그때
내가 씁쓸하게 웃었던 건, 한국 여자랑 엮이는-한국인과
프랑스인 모두를 포함해서-파리의 남자들이 너무 많은
확률로 바람을 피우고 있었기 때문이었다.

　오늘은 '자닌 테송의 『뤽스 극장의 연인들』' 편을
들으면서 파리의 시내를 쏘다녔다.

　뤽스 극장에서 우연히 만난 마린과 마티외는, 다정한
이야기를 나누며 서로에 대한 마음을 키워간다. 그러나
이들은 자신이 가진 비밀과 상처 때문에, 서로를 향한 마음을
쉽게 드러내지 못하고 전전긍긍하면서도 상대의 마음이
다칠까 염려한다. 결국 서로의 비밀을 알게 되고, 깊이
이해하는 사이가 된 두 사람의 이야기는, 사랑을 다 안다고
자부하고 냉소하는 이들로 가득 찬 파리라는 도시에서
잔잔하게 마음을 움직였다.

　파리에서는 모두가 사랑에 질려버린 냉소적인 태도를
취하고 있지만, 자신의 외로움을 어찌하지 못해 신의를

저버리거나 자신을 저버리는, 비겁함을 피하기 위한
방어기제를 더 자주 발견하게 된다. 뤽스극장의 연인들은
아니 에르노의 맹목적인 열정이나, 밀란 쿤데라가
말하는 아주 무의미한 배꼽에 대한 사랑과는 달라서, 파리의
남자들처럼 외로움을 달래려다 아무렇게나 행동하는
비겁함이랑은 또 달라서, 마음이 따뜻해졌다.

손해 보는 사람

어느 날 엄마가 본인의 억울함에 대해 말했다. 엄마는 다른
사람들의 상황과 처지를 고려해서 어떤 합리적인 해결책을
내놓았는데, 사람들이 그것에 따르지 않는다는 거다.
엄마는 모두의 처지를 고려한 이 방법이 왜 거부당하는지
이해할 수 없어 억울하다고 했다. 엄마의 경우 이 억울함은
다른 사람들에 의해 거부당한 합리성에 기인했을 테다.
반면 아빠는 갈등을 무지하게 싫어해서 많은 경상도 아버지가
그러하듯 받아들임과 침묵의 극단을 보인다. 결국 아빠는
엄마의 안을 받아들일 수밖에 없다.

　　나는 아빠의 갈등을 극도로 싫어하는 점을
물려받았는데, 엄마의 '중재자' 역할까지 닮아버렸다. 갈등을
싫어하는 회피적 성향이 나에게 빨리 타협점을 내놓으라고
마음 깊숙한 곳에서 압박하기 시작하고, 중재자의 나는
누구의 이견도 없을 안을 찾아 나선다. 그러다 보면 대개
나 자신에게 조금은 불리한 타협점을 매우 부자연스럽게
내놓게 된다. 나의 이익이나 의견이 줄어들어도 모두가 각자

원하는 것을 갖고 행복할 수 있을 것 같을 타협점인데, 침묵을 견디지 못하고 너무 일찍 내놓아 다들 석연치 않아하는 느낌. 그래서 나는 종종 손해 보면서 설득하는 위치에 놓이곤 한다.

나는 일을 주는 쪽보다 떠맡는 쪽이 되고 내 이익을 관철하기보다 손해를 감수하는 편이 된다. 적극적인데도 이렇게 실속이 없다니. 그러니까 내 억울함의 근원은 나 스스로가 배제해버린 '내 의견'에서 기인한다. 이러한 성향은 소비 패턴에도 그대로 드러난다. 나는 다소 억척스러운 면이 있어서 맛있는 걸 먹기보다 끼니를 때우는 것을 택하고, 비싼 집에 살기보다 내 몸 하나 뉠 곳을 찾게 된다. 할머니와 엄마에게로 이어진 이 금욕의 뿌리는 우리에게 깊이 내재한 억울함의 근원이 아닐까 하는 생각도 든다.

이런 억울함이 쌓이면 나에게 '이런 대접'을 한 주체를 뭉뚱그려 가해자로, 나는 이 모든 상황의 피해자로 만들어버린다. 나는 이런 마음이 '내가 왜 이런 일을 당해야 해?'라고 묻는 특권 의식에서 출발하는 줄 알았는데, 사실은 자기연민이란 걸 안다. 분명 다른 사람들은 같은 상황에서도 씩씩하게 헤쳐나가는 반면, 나는 빽-하고 억울함이 튀어나오니 말이다.

그런 순간에 나보다 더 불성실하고 게으르며, 나보다 더 많이 손해 보고 사는 그가 있었다. 파리에서 내 삶의 전부였던 당시 남자친구는 (더 건강하진 않지만)더 맛있는 걸 내게 맛보여주었고 나보다 더 책임감 없이 살았다.

그럼에도 스스로의 욕망에는 그렇게 충실했고 그런 자신을
미워하지 않았다.

　　머릿속에 계산기를 돌리지 않고 그를 찾아오던 사람들의
이야기에 귀 기울이던 사람. 그런 그가 있어 나는 나에
대한 혐오를 줄이고 그의 불성실한 삶에 대해 바가지를 박박
긁으면서 살 수 있었다. 종종 내가 뿜어내던 예민함을
가볍게 후 불어 날려버리는 마법을 종종 보여주기도 했고.
그가 나조차 귀 기울이지 않던 내 이야기를 끄집어내어
주어서, 이런 나도 좋다고 잔뜩 표현해줘서, 나는 그 시기를
살아낼 수 있었다.

그의 단골 바

그의 단골 바에서 생일파티를 하기로 하고 차일피일 미루다
마지노선에 이르러서야 사장에게 생일파티를 여기서
하고 싶다는 이야기를 하러 갔다. 그와 함께 낮엔 커피를
마시고 밤엔 맥주를 마셨던 바는, 우리의 일상에 언제고
등장했다. 그가 파리를 떠나고 발길이 뚝 끊겨 가끔 지나가게
되면 민망하게 인사를 주고받게 된 곳이기도 하다.

    사장은 아침 커피라도 마시라며 내가 떠난 그의
역할을 대신해주길 바랐지만 나는 아침에 일어나 모카포트에
커피를 내려 마시고 허겁지겁 도서관과 학교를 오가는
일상에 쫓겨 여유가 없었다. 생각해보면 굳이 혼자 2.2
유로의 돈을 내고 커피를 마시거나, 맥주를 시키며 편하지
않은 카페 사장과 직원들과 이야기를 주고받아야 하는
불편한 자리를 고수하고 싶진 않았던 것이 더 큰 이유일
것이다.

    어쨌든 많은 친구들과 말도 않고 갑자기 들이닥칠
수는 없는 노릇이라 하굣길 밤 느지막이 카페에 들어섰다.

아무도 없는 테라스에 자리를 잡아 맥주 하나를 주문하고,
사장이 다른 무리들과 열띤 토론을 끝내길 기다렸다.
가져온 책도 없고 야외에서 노트북을 꺼내 손가락 시려가며
무언가를 하고 싶지 않아서, 그저 맥주를 홀짝거리며
가만히 멍때리고 있었다. 그러면서도 계속 빨리 사장이
그와 함께 있을 때처럼 다가와서 천연덕스럽게 말을 걸어
주기를, 그러면 나는 내가 하고 싶은 이야기를 하고 얼른
나의 공간으로 돌아가길 바랐다. 그러나 도무지 이 사장은
나에게 올 기미를 보이지 않았다. 나는 벌쭘했고 몸과
마음이 추워졌다.

　　그러다 문득 이 자리에 누구보다 오래 앉아있었을
그가 떠올랐고, 어떤 마음으로 그가 이 자리에서 그 많은
시간을 보냈을까 생각해보게 됐다. 그는 바 테라스에서
게임을 하거나, 웹툰을 보거나 또 사람을 구경하길 좋아했다.
바에서 간간이 보이는 사람들과 항상 격의 없이 인사했고,
그는 그에게 단골 바가 있다는 걸 자랑스럽게 얘기하곤
했다. 무엇보다 지나가는 행인들을 빠르게 관찰했던 그는,
자신을 '보이는 존재'보다 '보는 존재'로 더 많이 포지셔닝했다.
술을 마시면서 혼자 게임하는 자신의 모습을 '누가
어떻게 볼지'보다 그는 이 구역에 어떤 사람이 살고, 어떤
사람이 지나다니며, 누가 자주 바를 찾고, 어떤 가게가
들어서고 망하는지를 쭉 지켜봤다. 그는 내부에 쌓아놓은
외로움이나 쓸쓸함 같은 감정적 에너지를 외부의
사람에게 발산했고, 그래서 길거리에 지나는 사람, 자신을

찾아오거나 스쳐 지나가는 사람에게 그 에너지를 쏟았다.

미어캣처럼 고개를 쳐들고 자신의 눈앞에 오가는
사람들을 볼 때면 그는 언제나 직관적으로 어떤 특징들을
발견하여 이야기를 했다. 특히 그는 누군가의 상처나
외로움을 읽어내는데 정말 탁월한 능력을 가진 사람이었다.
자신의 외로움은 '과장된 자신감'으로 포장하면서,
상대의 외로움을 지나치지 못하고 그걸 기어이 헤집어
놓는 사람.

반면 나는 언제나 나를 '보이는 존재'로 인식했고,
손과 발을 자연스럽게 움직이지 못했다. 언제부터였을까.
사실은 기억이 있고 나서부터 줄곧 내 몸이 너무
부자연스럽다고 느꼈다. 그런 내가 너무 어색해서 모두가
날 쳐다보고 비웃을 거리를 찾는 것만 같은 마음을 언제나
갖고 살아왔다. 거울에 비친 내 모습을 보면서 자신을
미워하게 된다면, 상대를 받아들이는 데 있어서도
더 팍팍해지기 마련이다. 분명 외로움이란 감정은 같았을
텐데 그는 '과장된 자아'를 연기했고 나는 '혐오하는
자아'를 형성했다.

이런 생각들을 다이어리에 써 내려가며 나는 맥주
한 잔을 비웠고, 사장에게 가서 말했다. 생일파티를 이곳에서
하고 싶다고. 사장은 잘 알겠노라고, 언제든 환영한다고
했다. 그때의 내가 최대한 자연스러워 보였으면 했고
그런 마음을 생각하며 내가 다른 사람의 눈에 비친 나 자신을
너무 많이 의식하고 산단 걸 깨달았다. 그때 '모두의 마블'

게임을 하며 테라스에 앉아 맥주를 벌컥이고 있었을 그의
모습이 묘한 안도감을 줬다.

홍상수의 영혼들 2

결국 산다는 것, 영화를 찍는다는 건 '내 세계의 사람을
얼마나 많이 만드느냐'인 듯 말하는 친구와 함께 홍상수
감독의 〈풀잎들〉을 봤다. 〈풀잎들〉을 보고 나오면서
나는 기꺼이 홍상수의 세계에 들어가고 싶다고 생각했다.

홍상수의 영화가 싫었던 이유는 그가 그리는
인간상이 하이퍼 리얼리즘이었다는 걸 목도했기 때문이다.
그런데 나약하고 감정적이고 힘없는 인간들의 모습을
보면서, 나는 그런 사람이 아니라는 위선을 떨고 싶었던 것
같다. 〈당신 자신과 당신의 것〉에서 나는, 잔인할 정도로
신랄하게 비판하던 인간상을 따뜻하게 포용하는 홍상수의
태도를 발견했는데, 그때 나는 홍상수야말로 리얼리스트이자
휴머니스트라고 인정할 수밖에 없었다.

편견의 시선을 거두고, 어느새 그들의 안으로 들어왔다.
밖에서 바라보고, 골목을 떠돌던 김민희가 결국 사람들
사이에 앉은 것처럼 말이다. 휴머니즘을 장착한 〈풀잎들〉은
이렇게 내게 최고의 홍상수 영화가 되었다.

어떤 대화

가끔은 어떤 종류의 대화가 그리울 때가 있다.

　　가령 처음 사랑에 빠질 때 나눴던 대화들. 그 사람과의
관계가 안정 궤도에 들기 전 나눴던 모든 대화들은
상대에 대한 가득한 호기심과 일정 정도의 호감, 깊어지는
대화에 대한 행복, 내가 낯선 사람에게 새롭게 받아들여져
가는 과정, 그러나 마음 한 켠 커지는 내 마음에 대한 두려움,
상대방의 애매모호함에 대한 불안이 적당한 긴장감을
가지며 황홀과 마음졸임을 동반하게 된다. 서로의 공통점을
발견해가는 시기, 다름을 인정하고, 오히려 적극적으로
받아들이던 한때, 미래보다 현재가 중요했던 순간, 영원히
끝나지 않았으면 좋겠다고 생각하는 설렘의 날들, 일상으로
돌아올 때마다 괴로웠던 중독의 시간들. 이륙의 순간은
이렇듯 언제나 가장 설레고 가장 불안하지만, 결국
대기권으로 들어서는 순간부터 언제 그랬냐는 듯 두려움이
사라지고 우리에겐 다음과 같은 것들이 남는다. 따뜻함,
편안함, 안정, 믿음, 권태, 그리움, (언제나 그렇듯 또 새로운

종류의)불안.

　　그런가 하면 이런 종류의 대화가 그리울 때가 있다.
돈은 없는데 시간은 많았던 시절, 친구들과 싸구려 술집이나
노천에서 맥주 한 캔을 먹으면서 인생의 모든 회한을
이야기하던 시기. 미래에 대한 끝없는 불안과 여전히 집에
속박되어 있으면서도 집으로부터 벗어나고 싶어 발버둥 치는
시기. 어떤 영화를 보든, 어떤 대화를 나누든, 어떤 책을
읽든, 어떤 음악을 듣든 모든 것이 나를 존재하고 규정했던
날들. 우리의 아지트를 가졌던 시기, 사람들과 끝없이
교류하고 만났지만 그 사람들을 판단할 기준이 없었던
시기, 그러나 친구들과 이야기를 나누면서 우리가 좋아하는
것과 좋아하지 않는 것을 구분 지으며 취향을 만들어가던
시간. 그런 시간이 쌓여 '나'라는 자아를 형성해가던
그때의 그때. 나는 이럴 때면, 여지없이 여름밤이 생각나곤
하는데 늦게까지 해가 지지 않고, 1학기 기말고사는
끝나 우리에게 주어진 많은 시간들을 그렇게 노상 맥주와
바다와 음악과 이야기, 영화들로 잔뜩 채워갔던 것이다.
끝나지 않았으면 하는 여름밤에 대한 기억은, 그래서 더운
여름이 다가오는 시기면 여지없이 내 머릿속에 선명하게
떠오르고야 만다.

　　이런 종류의 시간은 어쩌면, 어느 순간이 되면 돌아가고
싶어도 돌아갈 수 없어지는 시간이다. 〈청춘스케치〉에서
이선 호크가 했던 말처럼, 그때의 우리에게 필요한 건
많지 않았다. "담배 몇 개비, 커피 한 잔, 약간의 대화. 너와

나, 5달러."

그런 시절에 나에겐 너무 많은 행운이 따랐었다. 〈청춘스케치〉 OST의 'My Sharona'가 나오면 우리는 무조건 춤을 추는 거야, 라고 했던 친구. 광안리 내음을 잔뜩 실은 여름밤의 노래를 부르는 친구. 롱티 한 잔과 구남과 여라이딩스텔라의 노래만 있으면 춤을 추고야 말았던 친구. 싸구려 술집에서 김치찌개 하나를 시켜놓고 밤이 깊도록 이야기해도 그 시간이 짧게만 느껴지게 만들던 친구. 영화를 보고 맥주를 마시며 서로의 곁을 내어주던 친구. 깨끗하고 잔잔한 파도를 가진 송정 바다 또는 거칠게 몰아치지만 아름답게 부서지는 영도 바다의 포말을 보는 심미안을 가졌던 부산 뮤지션들의 노래들까지.

마지막으로, 글을 쓰며 나누는 나 자신과 대화가 있다. 바쁜 일상에 쫓겨 혼자만의 시간이 귀할 때, 받아들이는 마음보다 마음의 벽이 훨씬 높을 때, 기껏 생긴 시간마저 허투루 보내지 못하는 강박을 가질 때, 세상이 아무런 영감을 주지 않는 것만 같고 그래서 글을 쓰지 않을 때, 그럴 때마다 나는 나 자신과 대화하는 순간을 갈망한다. 내가 대화를 나누고자 하는 내 자아는 다층적이어서 내가 쓴 글은 가끔 아주 괜찮아 보이고, 가끔 아주 유치하게만 느껴진다. 좋은 영화를 보거나 책을 읽듯이 괜찮은 나와 대화를 나누는 일은 무척 즐겁기 때문에, 결국은 이런 나 자신을 발견하기 위해 나는 글을 쓰기도 한다. 앞서 말한 대화의 순간들이 아주 귀하거나 다시 찾아올 수 없는 순간인 것과 반대로,

이것은 오히려 나이가 들어도 삶에 익숙해져 가도, 언제나 날 찾아와주는 시간이고, 내가 필요로 하는 시간이기 때문에 소중하다.

Capture 4.

파리의 밤, 흐들흐들한 영혼들이
외로움에 몸을 꼬았다

아녜스가 말하는 바르다

아녜스 바르다는 여성이었지만 자신을 '보이는 존재'에서
'보는 존재'로 규정했다. 그녀가 바라보고 카메라에 담아내는
존재들은 한물간 배우, 평범한 사람, 과부, 아이들 등
매우 다양했지만, 그는 지나치기 쉬운 사람들 속에서 영감을
찾아냈고 그들을 따뜻하고 아름답게 그려냈다. 그럼으로
(남성 감독이 흔히 그러하듯)본인이 '신'인 것처럼 세계관을
창조하고 작위적인 캐릭터들을 타자화하여 보여주는 대신,
주변의 평범하고 사소하고 지나치기 쉬운 것들에 풍부한
의미를 생성하고 부여하고 있다.

　　최고로 멋지다.

파리에 사는 한국 사람들

파리에는 다양한 한국 사람들이 살고 있다.

　　한쪽엔 파리라는 너무 아름다운 도시에 발붙일 곳 없이 나약하고 무력하게 흘러가는 파리의 사람들이 있다. 못나서 사랑스러운 이들, 서로의 외로움과 우울을 매일 길러와 하나둘 풀어놓곤 하던 이들, 그래서 그들과의 밤은 그렇게 길었다. 혼자 있을 땐 그 외로움을 어찌할 바를 몰라 각자의 자기 파괴적인 방식-예컨대 술을 마신다거나 담배를 피우거나 혹은 나를 상처 주는 사람 옆에 남아있다거나-으로 더 외로워지곤 했다. 그렇게 옹기종기 모여 마음의 실타래를 하나둘 풀어나가다 보면, 나만 그렇게 밤새 외로워한 게 아니어서, 나만 그런 사람을 만나는 건 아니어서, 새로운 연대가 형성되고 금방 새벽 동이 텄다. 파리는 왜 이런 일이 생기지 라고 묻는 만큼 그래도 괜찮아 라고 말해주는 도시다.

　　한번은 파리에서 영어로 공부를 하며 한국-또는 미국-의 삶을 고스란히 옮겨와 살고 있는 경제학도들을 만난

적이 있다. 분명 파리에는 있지만 이들은 그냥 한국이라는
사회를 내 앞에 들고 왔고, 잊고 있던 한국의 모습들과
가치- 금의환향이나 학위, 성공 같은-를 다시금 일깨웠다.
경제학도들은 사회학의 기능에 대해서 말하면서, 사회현상을
설명하는 것의 한계, 즉 "그것으로 무엇을 바꿀 수 있느냐"고
물었다. 마치 경제학이 그럴 수 있다는 듯이 말이다.

다른 한쪽에는 함께 사회학 스터디를 하며,
벨빌의 저렴한 중국 음식을 먹으러 가곤 하는 인문학도와
사회학도들이 있다. 그전까지 어떻게 불려야 했는지 몰랐던
사회의 현상들에 대해 감정과 해석을 제공해주는 사람들.
우리는 젠더 문제를 다뤘고, 한국의 군대에 대해 토론한다.

경제학이 바꾸려는 게 자본의 시스템이라면,
사회학이 바꾸려는 건 사람의 시스템이다. 같은 생각을 가진
사람들끼리 연대하고, 사람이 만들어내는 조직. 물론
자본의 시스템이 조직을 이기는 게 세상의 법칙 같지만,
그래도 희망은 사람에 걸어야 하는 것 아닐까. 더 나은
자본의 시스템이 대안을 제시한다고 믿는 것보다, 사람에게
희망을 거는 것이 더 실용적이고 낙관적인 태도라 믿는다.
이들과의 대화 속에서 나는 같은 방향을 바라보는 사람들과
연대의 힘을 느낄 수 있으며, 이 힘은 현재 파리에서
내 마음을 가장 많이 채운다.

용빈 민박

한국인이 한 명도 없던 후아이양에서 대부분 나와
수업을 듣던 친구들은 브라질에서 왔다. 살사와 친근감과
열정으로, 소심한 한국인은 물론, 활기 없던 프랑스인들까지
그들의 매력에 퐁당 빠지게 했던 이들. 그 친구들이
서로를 가족처럼 여기던 모습이 어찌나 좋아 보이던지,
나도 그들 사이에 스스럼없이 끼워주던 모습이 얼마나
고마웠던지, 나는 후아이양에서 다른 고향이 생긴 것처럼
브라질 만세를 외쳤다.

　　외국에 있다 보면 이렇게 자연스럽게 같은 나라
사람끼리 붙어있고 어울리게 마련인데 한국 사람들처럼
한국인의 무리에서 어울리는 것에 거부감을 가진 사람들도
또 없는 것 같다. 나 역시도 그런 기분이 뭔지 안다.
유학 가서 한국 사람들이랑만 만나면 왠지 망할 것 같은
느낌. 언어 실력은 늘 리 없고, 한국 사람들끼리 밤새도록
나누는 이야기는 왠지 영양가가 없는 것 같고, 그럼에도
불구하고 만날 사람은 제한적이고 하루는 너무

길어 매일같이 똑같은 사람을 만나 속하지도 못하고
도망치지도 못해 불쾌함을 쌓아가는 날들. 보지 않아도 되는
인간의 민낯을 보게 되는 것만 같아서.

　　이런 두려움이 왜 없었겠냐만은, 내 경우에
한국 사람들과 있는 시간이 대부분 긍정적으로 남았다.
아니, 오히려 나는 이 시절이 있어서, 파리 유학이 어떤
의미를 가질 수 있었다고 생각한다. 물론 프랑스 사람들과
더 많이 어울렸다면 내 프랑스어 실력은 더 좋아졌을지
모르지. 하지만 대개는 몇몇 프랑스 친구(와 터키,
베트남, 중국 친구)를 제외하고는 대부분 한국 사람과
어울리곤 했다. 싫어하는 한국 사람들과 억지로 어울리지는
않았다. 내가 파리에 있던 이십 대 후반의 나이에는,
좋아하는 사람과 싫어하는 사람을 어느 정도 구분할 수
있었으니까.

　　그리하여 용빈 민박이 탄생했다. 나보다 몇 수가
높은 본투비 오지랖퍼가 탄생을 도왔고, 충실한 스태프들이
함께했다. 삼겹살을 구워 먹고, 닭볶음탕을 하고, 전을
부치고, 김밥을 말고, 떡볶이를 해서 사람들과 함께 먹었다.
그 시절 내가 가장 열정적으로 하던 일이었다. 맛있는
저녁을 하는 일, 사람들과 함께 술을 마시는 일, 그날 읽은
책과 본 영화에 대해서 이야기하는 일. 우리 집 객식구들은
집 건너편 프랑프리에서 와인을 한 아름 사 왔다.
프랑프리가 문 닫는 열 시 이후에 술이 떨어지면, 지하철역
한 정거장을 걸어서 아랍 마트에 와인을 사러 갔다.

너무 늦은 밤이면 그들이 자고 갈 수 있는 이부자리를
폈다. 술 마신 다음 날 아점은 주로 쁠라스이딸리 역
차이나타운에서 먹던 쌀국수였다. 흐들흐들한 영혼들이
외로움에 하나둘 모여들어, 저마다의 외로움을
달래고 돌아갔다.

　　파리에 온 지 얼마 되지 않았을 때, 나는 한국 책방을
열고 싶다는 생각을 하곤 했다. 한국어로 된 전공서가
있다면 수업 시간에 이해하지 못했던 개념들을 좀 더 잘
이해하게 되지 않을까. 한 언어의 아름다움을 알 수
있을 만큼 프랑스어를 잘하게 되려면 얼마나 오래 공부를
해야 하는 걸까. 그냥 그 맛이 그리운 사람에게 한국
소설이나 시가 즐거움이 되어주면 좋겠다는 생각을 했다.
따뜻한 차나 뱅쇼를 마시면서 낮에 겪었던 부끄러움과
고난 같은 걸 조금은 내려놓을 수만 있다면. 어디에 가든
이방인 같이 느껴지는 뿌리 깊은 무기력이 찾아올 때면,
언제든 찾을 수 있고 온기를 느낄 수 있는 '깨끗하고 밝은
곳'이 있었으면 하고, 그렇게 바라곤 했다. 나는 끝끝내
책방을 열지는 못했고 용빈 민박이 그런 기능까지 할 수는
없었지만, 떡볶이 정도는 언제든 먹고 갈 수 있는
곳이었다.

　　덧붙이자면 이성 철학을 그렇게 비판하면서
파리에 왔는데, 이때의 내 뿌리가 되어준 건 이성의 힘이었다.
공감적 이성. 이제 나는 공감도 윤리적 이성의 한
영역이라고 생각한다. 이런 변화는 어떤 철학서가 내

머리를 스쳤다기보단, 내가 지독하게 이성을 베이스로 한
합리주의적인 인간임을 알게 된 것에 가깝다.

다 자 연 애 가 어 때 서

한국의 메이저리티 세계에 속해있던 나 같은 사람이
무너지곤 하던 파리에서는 왠지 '나라 없는 사람'들이 빛났다.
나에게 파리는 허영으로 도착한 권태의 도피처 같은
느낌이었다면, '나라 없는 사람'들에게 파리는 생존을 위한
피난처다. 다자연애자와 성 소수자, 병역거부자 같은
사람들. 용기를 내어 메이저리티의 경계선을 벗어나 새로운
이름을 기꺼이 선택한 사람들.

　　이들과 이야기를 하다 보면 우리가 생각하는
경계선이란 얼마나 모호하며, '보통'은 얼마나 폭력적일 수
있는지 깨닫게 된다. 한 남자 동생에게 "여자친구 있냐?"고
물었다가, 후에 그가 호모 섹슈얼이라는 걸 알게 되고
미안하다고 했던 것처럼. "군대 어디 나왔냐?"라고 했을
때 병역 거부자에게는 답의 여지가 없는 것과 같이, 이런
기본적인 언어들에서조차 우리는 다양성을 배제하고
보통의 기준을 강제한다.

　　사실 나는 정말로 남자를 여자보다 좋아하는지 잘

모르겠다. 친구와 애인이 명확한 감정으로 구분될 수 있는 것인지도. 우리가 '한 사람만 사랑하는 이성애자'라고 말하는 것은 그냥 메이저리티 안에 속하기 위해서만이 아닌가. 만약 메이저리티와 마이너리티 사이에 수많은 선택지가 있었다면, 우리는 좀 더 적극적으로 고민해보지 않았을까. 내가 여성과 남성을 좋아하는 비율이 얼마만큼인지, 애인을 몇 명 뒀을 때 행복한지 같은 것. 징병의 다양한 형태가 있었으면 병역거부자들이 나라를 잃거나 감옥에 가는 일은 막을 수 있지 않았을까.

사회가 주는 편견과 불이익을 감수하며 소수자가 된 이들을 세상은 너무 쉽게 재단하고 판단하려 든다. 다자연애는 마치 바람피우는 사람들의 변명처럼 여기고, 성 소수자를 만나게 되면 나와는 다른 사람이라고 경계를 나눈다. 그런 사람들이 있어 바람피우지 않고 한 이성하고만 꾸역꾸역 사는 삶이 억울해진다는 태도로. 제1세계 리치한 이성애자 백인 남성과 제3세계의 소수자를 떠올리며, 이들이 마주할 삶의 스펙트럼이 얼마나 차이가 날지를 상상해보곤 한다. 수많은 혐오와 차별의 시선에도, 세상에 대한 열린 마음과 다른 사람을 살피는 태도는 이 스펙트럼의 차이에서 발현되는 걸까.

나는 정상과 비정상으로 나뉜 단어들이 우리를 결정짓지 않았으면 좋겠다. 다자연애가 어때서. 당사자들이 좋다면, 그만 아닌가? 성 소수자면 어때서. 당사자들이 사랑한다는데, 왜 거기에 사회적인 합의나 허락이 필요한

걸까. 그 사람의 삶이 이렇게 다양하고 다들 그렇게
반짝반짝 빛나는데. 그 반짝이는 빛을 왜 사회나 집단이 쉽게
재단하고 판단해서 꺼뜨리려고 하는 건지 모르겠다.

파리가 좋았던 건 그 다양성 때문이다. 적어도
정상-비정상으로 구분 짓는 이분법이 존재하지 않았으니까.
타인이 쉽게 받아들여지는 사회는 아니었지만 파리는
소수자에게 자유를 줄 수 있는 곳이었다. 자신이 어떻게
존재하느냐를 스스로 규정지을 수 있는 자들이라면, 파리는
좋은 선택지가 될 것이다.

파 리 의 밤 , 흐 들 흐 들 한 영 혼 들 이
사 랑 하 던 그 밤

파리의 밤은 아름다웠다. 낮이 만들었던 수많은 더러운
감정들과 오물들은 도시를 밝히는 어두운 노란 조명 아래
자취를 감추고, 아름답게 반짝반짝 빛나는 것들만이
지친 영혼들을 위로했다. 낮의 파리를 싫어하는 사람은
있어도, 밤의 파리를 거부할 수 있는 사람은 없었다. 반짝이는
에펠탑까지 갈 것 없이 앵발리드의 금색 지붕, 알렉상드르
다리를 포함한 센 강의 모든 다리, 다리의 불빛에 빛났던
센 강, 언제나 낮보다 밤이 더 아름다웠다. 그런 밤들은 낮의
냉혹함을 잊고 내일을 살아갈 힘을 주곤 했다.

　　파리의 밤을 볼 수 있는 건 사실 행운이었다. 애초에
일정 정도의 경제력이 있어야 파리에 갈 수 있고, 혼자
돌아다니긴 역시 무서우니 함께 할 친구도 있어야 하고,
친구와 헤어지고 혼자 돌아올 무섭지 않을 집이 있거나 혹은
우버를 부를 돈이라도 있어야 한다. 그런 것들이 없을 땐,
나는 파리의 밤을 하염없이 길거리나 다른 사람들의 집에서
보내곤 했다. 혼자 돌아갈 용기가 없어서.

혼자 돌아가던 그 밤에 사람들에게 났던 사고를 안다.
혹시 그들이 볼 수도, 다시 떠올릴 수도 있으니까
여기에 쓰지는 않으려 한다. 그냥 우리 모두는 그 밤을 너무
좋아했다는 걸 안다. 파리에서의 삶은, 결국 그 대가를
크고 작게 치르는 삶이었다는 것도.

파리에게 건네는 화해의 말

삼 년 만에 집에 오는 길이 너무나 극적이라, 프랑스에 살면서 겪었던 모든 어려움을 집결해놓은 느낌이었다. 떠나는 날 아침 여권을 잃어버렸다 극적으로 찾고, 짐 추가는 제대로 되어있지 않아 여러 번 짐을 다시 싸고 추가 차지를 어마하게 내야 했으며, 바캉스의 첫날이라 공항은 공항 입구부터 국경을 통과하기까지 죄다 북적거려 비행기를 겨우 타야 했다. 그럼에도 직원의 태도는 어느 때보다 더 불친절하고 고집스러웠다. 출발 20분 전, 겨우 탑승구에 도착해 비행기에 올라타는 순간, 긴 연애를 끝낸 사람처럼 홀가분하고 시원섭섭한 마음을 담은 눈물을 흘렸다. 이제 그만, 할 만큼 했어. 나는 간다, 잘 있어라. 애증의 파리.
― 2017년 4월1일, 샤를 드골공항에서

파리는 마치 기억 속 꺼내고 싶지 않은 나쁜 남자친구 같다.
　　이 사람이 어떤지 제대로 살펴보지 않고 혼자 저만치 앞질러 가서 몸과 마음을 다 내주어버리는 내 오랜 연애의 습관처럼, 파리는 날 받아들일 생각도 없는데 나는 내 짐을 싸 들고 그 땅에 도착해버렸다. 끝이 어떨지 생각하지 않고 매혹에 홀린 듯 빠져들었는데, 날 꼬실 때의 그는 오간

데 없고 나와 크게 다를 바 없이 엉망진창인 남자친구가
거기 있다.

이놈은 가끔 매혹적인 부분이 있어서, 어떤 밤은
눈부셨고, 농담들은 위트있었고, 멋진 음악을 들려줄 줄
알았으며, 특히 그림을 참 멋있게도 그렸다. 그러나 그놈은
말도 안 되게 일을 못 했으며 강압적이고 폐쇄적인 태도로
비효율을 모면하려 했다. 나는 내 문제만 엄청 심각한 줄
알았는데 이놈도 참 단점이 많았다. 나는 그를 이해하기보다
나 자신의 실망감과 헛헛함에 어찌할 바를 몰랐고,
내가 하는 삽질들이 자아실현에는 아무런 도움이 되지 않는
걸 느끼면서, 자기 파괴적 이상 행동이 늘어나는 걸
지켜봐야 했다.

파리에 대한 글들을 엮으면서 나는 이 모든 것이 내
미숙함 때문인지 파리가 준 환상과 실망 때문인지 곱씹었다.
허영에 가득 찬 나 때문인가. 파리에 덧씌워진 이 이미지와
그럼에도 불구하고 시궁창 같은 현실 때문인가. 파리의
탓을 하기엔 파리가 억울할 것 같았고, 내 탓을 하기엔 이
구조에 잘못된 것이 없다고? 라고 묻고 싶었다.

처음엔 다 프랑스 사람들 탓이라고 해버리고 싶었다.
그들이 인종차별적이라고, 행정은 불친절하고 불편하며
경찰은 너무 폭압적이라고. 치안도 불안하고 살기 힘든
곳이라고. 그렇게 말해버리고 나면 홀가분할 줄 알았다.

그런데 마음이 편치 않았다. 그 시절의 나와 화해하지
못했다. 사실은 모든 파리의 면이 최고나 최악이 아니었듯이,

모든 프랑스 사람들이 친절하거나 인종차별적인 것은
아니었다. 좋은 친구들이 분명 있었다. 그런데도 나는
프랑스인들을 모두 뭉뚱그려, 나에게 상처 주는 사람들로
만들어버렸다. 상처받지 않으려고 마음의 문을 꽁꽁 닫고,
누구에게도 열어주지 않으면서 나를 피해자로 여겼던 날들.

그때의 일들을 떠올리며 글을 다시 읽고 고치고
새로 쓰면서, 나는 그것이 누구의 잘못도 아니니까 이제
그만 파리와 화해할 때도 되지 않았나 하는 생각이 들었다.
내가 꿈꾸던 삶이 아니었다고 해서 그 시간이 의미 없었던
것이 아니다. 파리는 내 안의 감정의 스펙트럼이 얼마나
깊고 넓은지를 보여줬고, 마주하지 않아도 되는 수많은
상처와 문제들을 끄집어냈으며 끝내는 '무엇도 될 수 있다'고
생각하게 해줬다.

다시 그 나쁜 남자와 사귈 일은 없을 것이다. 하지만
그는 내 인생에 가장 큰 영향을 준 사람으로 남을 것이다.

Capture 5.

Après Paris(After Paris)

유기 불안의 사랑과 우정

최근 새로운 사람들과 어울렸고 그게 너무 신나고 즐거웠다. 그래서 매일매일 또 그렇게 놀고만 싶었는데, 그런 마음들이 커지면 커질수록 나는 작아지고 불안해졌다. 내 안 저 깊숙한 목소리가 '너 그러다가 거부당하면 어쩌려고' 하는 메아리를 울렸다. 그럴 때면 나는 '역시, 그렇지? 나 요즘 너무 과했던 거지?'하고 다시 혼자만의 굴로 들어간다. 예전에는 이런 내 목소리를 외면하고 그저 상황과 사람에 과하게 의존했다. 그러다 보면 필연적으로 상대의 마음보다 과하게 부풀어진 내 마음을 바라보게 되는데, 그 차이에 외로움과 원망을 욱여넣었다.

　　내게 남은 친구들은 대개 결국 그 선을 잘 긋는 친구들이었다. 내가 아무리 앞서나가고 급발진해도 자신의 영역을 오롯이 가지고 있었다. 원망이 들어서기 전에 스윽- 네가 올 수 있는 곳은 여기까지야, 라고 알려주었다. 나는 그 선을 잘 알았다. 어떨 때는 진짜로 선이 존재하지 않는 것처럼 가까웠으며, 또 어떨 때는 서로의 모습을

멀찍이서 지켜보기도 했다. 혹자는 이런 우리의 사이에
대해 서로 하나도 친하지 않다고 얘기하곤 하지만, 이건 그
사람과는 다른, 또 다른 종류의 사람들이 만들어낸
새로운 모양의 우정이다.

사랑은 어땠냐 하면 또 반대였다. 나만큼이나
마음이 초속으로 움직이는 사람들과 나는 연애를 했다.
서로가 세상에 둘밖에 없는 것처럼 부둥켜안고 떨어질 줄을
몰랐다. 서로의 좋은 점을 이상화하고 서로의 밑바닥을
바라보면서, 우리는 울고 웃으며 세상의 모든 희로애락을
함께 했다. 정작 우리는 서로가 떨어진다는 걸 절대
상상할 수가 없었지만, 영민한 사람들은 우리를 위태로운
눈빛으로 바라보았다. 못난이들의 사랑. 조화롭고 아름답지
않고, 무언가 애처롭고 위태로운 그런 사랑.

반대로 생각하면, 선을 긋는 사람과 나는 연애하지
못했고 충돌하듯 만나는 우정은 결국 오래가지 못했다.
예전의 내가 사랑에 몸을 실었다면, 지금의 나는 우정에
기댄다. 벽을 뚫을 기세인 내 마음에 제동을 걸어준 친구들이
결국에는 나를 길러냈고, 지금 내 옆에 남아있기 때문에.
물론 내가 이 친구들에게 서운함과 원망을 느낀 적 없다고
하면 거짓말이다. 내 마음속에는 아직도 어쩔 수 없는
유기 불안장애의 속삭임이 존재한다. 그렇지만 우리가 삶에서
쌓아온 우정의 역사는 그보다 강하고, 서로가 서로에게
묻는 안부는 다정함과 온기가 실려있으며, 나이가 들수록
우리의 만남은 서로에게 더 솔직하고 더 즐겁다. 특히

요즘처럼 (그러나 언제나 그랬던 것처럼) 새로운 사람들을
만나 내가 가진 에너지보다 훨씬 과한 에너지를 쓰게
되면 나는 오랜 친구를 찾게 된다. 그러다 보면 내가 얼마나
'애를 쓰고' 사는지를 깨닫게 되고, 그제야 힘이 쭉 빠지고
가끔은 진짜로 눈물을 흘리고 만다. 고마워서. 이렇게
결핍된 애정에 어떻게 마음을 써야 할지 몰라 너무 쉽게
상처 주고 너무 쉽게 상처받는 이런 내 옆에 이토록
오랫동안 변치 않고 있어 주는 게 너무나 고마워서.

혹사당하는 내 가방과 일상의
무게에 대하여

노트북과 오늘 칠 시험자료, 지하철을 타고 갈 때 읽을 책과 도시락,
각종 충전기가 든 에코백과 운동용 더플백. 예전에 한 친구가
내 가방이 너무 혹사당한다고 말한 적이 있는데, 진짜로 나는 항상
가방에 책이나 잡지를 꾹꾹 넣고 뜯어지기 일보 직전의 가방을
열심히도 메고 다녔다. 등굣길이든 퇴근길이든 집 앞을 나서는 길이든.
책이 들어있고 그날의 일정을 소화하기에 무리 없는지 준비물을
하나하나 챙겨본다. 가끔 이런 게 삶의 무게인가 느껴질 때가 있는데,
이건 좀 거창하고 그냥 욕심의 무게인 것 같다. 가방을 내려놓고
도시락을 까먹으며 햇볕을 쬐고 있으니 그냥 이 모든 게 너무 무겁고
거추장스럽게만 느껴진다. 시험치기 싫어서 그런 건 아니고.
― 2016. 4. 18 파리에서

최근 가방이 무겁다 느껴진 적이 있다. 5년이 지났는데도
나는 그때의 나로부터 크게 벗어나지 않았다. 내 가방에
한가득 들어 있는 짐은 그날의 일정을 말해주었다. 여전히 내
가방 안에는 작업을 위한 노트북과 요즘 읽는 책과 운동을
위한 옷과 장비들이 들어있다. 긴 하루를 나서는 발걸음도
내 가방도 더 가벼워지진 않았지만, 내 몸과 마음의 근육들이

이제는 제법 이 무게들을 지탱할 만하다는 걸 느낀다.

　　마음이 불안할 때는 쓸데없이 일을 벌이게 된다. 이 일도 저 일도 지금이 아니면, 내가 아니면 안 될 것처럼. 잘하고 싶고 욕심나는 마음이 과하면, 그럼에도 불구하고 무엇부터 어떻게 해야 하는지 눈앞이 깜깜하기만 하다면, 세상의 모든 자극이 나에게 몰려든다. 이것 봐, 지금 네 앞에 있는 그 지루한 문제보다 더 재미있지 않아?

　　일상에 쌓여있는 수많은 거리들, 쌓여있는 읽을 책들-읽어야 할 책, 심심풀이로 읽고 싶은 책, 두 가지를 적당히 섞은 책-, 운동, 집안일, 끼니를 챙겨 먹는 일, 생계를 위해 하는 일, 벌여놓은 N잡러의 일-내가 해볼 수 있을 것 같은 크고 작은 공모, 새롭게 쓰고 싶은 글, 내 영원한 숙원인 책방 겸 바까지-. 이 모든 벌여놓은 일들과 벌 일 일들이 조화를 이루지 못하고 서로가 제일 중요하다고 내 마음을 압박하는 상황이 되면, 내 가방은 점점 무거워지고 하루를 겨우 살아낸 후 터벅터벅 맥주 한 캔을 사 들고 집으로 들어오게 된다. 요즘은 이 할 일들이 주중의 문턱을 넘어서서 주말까지 마음을 계속 울렁거리게 한다. 그럼에도 불구하고 나는 예전부터 관심 있던 작가의 전시가 언제까지인지 체크를 하고, 봐야 할 영화를 까먹지 않기 위해 기록한다. 으악. 이제 그만.

　　5년 전과 달리 나는 이제 이럴 때야말로 벌여놓은 일들 중에 불필요한 일들을 정리해야 한다는 것을 안다. 산란하게 흩어져 있는 마음을 모아 진짜로 잘하고 싶은 것을 해야

한다는 것을. 당장의 마음에 속지 말자, 용빈아. 지금이
아니어도 되잖아.

생각해보면 20대 때는 멋진 사람들이 다 20대인
줄로만 알았다. 더 이상 학생일 수 없을 때, 아니 학생일 때
이미 무엇인가가 되어야 한다고 생각했다. 훌륭한 글쓰기
실력을 갖추고 영화를 보거나 음악을 들을 때 깊이를 갖고,
인간관계도 나무랄 것 없어야 한다고. 지금 생각해보면
20살의 어린 나에게 평생을 매진해도 모자랄 무언가를
과하게 요구하고 있었다. 그때 그냥 결심만 했어도 되었을
텐데. 나머지는 평생 천천히 나이가 들고 세월이
쌓여가면서 이루면 되었을 텐데.

그래도 강박에 지치지 않고 실천으로 만들어내어
무언가가 이루어졌다는 생각을 할 때면, 그 시기를 치열하게
살아온 나에게 감사할 때가 있다. 요절하는 천재는 아니지만
제법 많은 층을 가지고 있는 현재의 나라는 사람으로
자라난 나에게.

요즘 나는 모든 일이 본질적으로 설거지랑 비슷하다고
생각한다. 수많은 하찮은 일로 구성되어 있고 누가
시키면 하기 싫고 내 차례가 아니면 절대 하고 싶지 않다.
그러나 수세미에 세제를 짜고 거품을 내고 접시를
닦다 보면 욕심나고 재미있고 뿌듯하고, 무엇보다 일상에서
필요하다. 설거지하고 난 후 반딱반딱 쌓인 접시를 보면
나는 내가 조금 더 인간다워진 기분이 든다.

나 자신의 강박과 시간을 컨트롤할 수 없을 때는,

한 발자국 떨어져 보는 것도 괜찮다. 여행이나 그저
하루 모든 걸 비우는 나들이 같은 걸로. 이렇게 잠시 할 일의
더미에서 떨어지다 보면 시간의 면적이 이만치 늘어나
있음을 발견할 수 있다. 조급함을 느끼지 않고 시간을
오롯이 마주하다 보면 어떤 한 가지를 해도 시간이 많이 남기
때문에 그 일을 아주 천천히 오랫동안 한다. 커피를
마시는 일, 한 그림 앞에 멈추어서 오래 서 있는 일, 가져온
책을 느릿느릿 읽는 일, 그러다가 떠오르는 생각을 아주
천천히 메모하는 일. 그렇게 다시 일상으로 오면 불안에
시달리는 시간보다 무엇 하나에 매진하는 시간이 늘어나 있는
걸 깨닫는다.

　　여행을 갔다 온다고 해서 일상에서의 내 가방이 더
가벼워지진 않는다. 하지만 여행을 갈 때만은 내 가방이 점점
가벼워지고 있다. 이번 여행에 맞는 책 한 권과 작은 수첩
하나, 그거면 된다.

계산하는 마음과 코페르니쿠스적
전환에 대하여

나에게 연애는 가능성을 타진하는 세계였다. 이 사람의
마음에 내가 있을 가능성은? 그렇게 나는 가능성의 증거를
모았다. 그가 일주일에 연락한 횟수는 얼마였더라? 내가
만나자고 하는 말에 몇 분 만에 답장을 했던가? 점심과 저녁,
주중과 주말 중 그가 약속을 잡는 날의 의미에 가중치를
두었다. 내 안의 수학은 빠르게 돌아갔다. 내 마음을
주면 그만큼 받지 못하는 것은 아닐까. 내 마음의 수식만큼
복잡하게, 그의 마음을 다양한 수식을 매겨 계산했다.
내게 사랑 또는 그 비슷한 감정이라면 크게 호기심에 나에게
다가왔다 짜게 식어간 사람과 물불 안 가리고 달려들던
사람 정도로 양분할 수 있는데, 대개 후자 쪽의 조건 없는
마음들에 나는 크게 기대었고 사랑의 모든 잠언들을
대입해 진짜 사랑이라고 믿었다.

　　사랑을 필요로 한 시기에 온전히 받지 못했기
때문에 이런 식으로 마음을 재단하는 습관을 가졌다고
나는 줄곧 변명해왔다. 그런데 어느 순간부터 이런 일들이

누군가에게 상처가 되었단 걸 깨닫고는, 내 마음을
발전시키기를 주저하게 되었다. 내 마음에 정당한 대가를
요구한 적도, 그 사람이 줄 수 있는 다양한 형태의 마음을
내가 받아들이지 못한 적도 있었고, 나만의 기준으로
강요한 적도 있었으며 그 모든 것이 안 되었을 때는 매몰차게
돌아선 적도 있었다.

　　이런 과정들에서 내가 상대에게 쏟아붓던 관심,
정확히 말하면 그들의 마음이 어떨지 원자 수준으로 분해해
'나'에게 얼마나 관심이 있는지를 확인하던 그 마음보다
상대의 마음이 조금이라도 소홀하다면, 나는 쉽게 상처를
받았다. 사실 나의 이런 마음보다 크게 나를 좋아하는
사람을 찾기는 매우 드물었던 터라 조건 없는 사랑을 주는
사람들에게 나는 마음이 갔고, 내가 받았던 상처만큼 다른
사람들도 나 때문에 많이 아팠다는 걸 외면했다.

　　나에게 코페르니쿠스적 전환은, 사실 프랑스로 떠난
일도 내 인생을 바꿀만한 연애도 아니었다. 그냥 이 수학을
그만두자고 생각한 그때가 끝이었다. 그 대신 내 관심을
좀 더 현실적으로 중요하다 여겨지는 문제-내가 얼마 정도의
소득이 있어야 만족할 것인가, 직장은 내 삶에서 얼마나
중요한가, 직무와 분야, 꿈꾸는 일들은 얼마나 실현가능하고
얼마나 허상인가-로 옮겼다.

　　생각해보면 프랑스로 떠날 때 나는 프랑스에 가면
이 수식을 매우 쉽고 간단히 할 수 있을 줄 알았다. 권여선의
소설집 『안녕 주정뱅이』에 실린 단편 「이모」에는, 모든

불필요한 걸 버리고 한 달에 35만 원의 돈, 대략 하루에 5천 원 정도로 살아가는 하나의 삶이 나온다. 그녀가 하는 일은 아침에 도서관에 가서 읽고 싶은 책 한 권을 읽고 오는 것이다. 이 삶의 수식이 내 마음속에 오랫동안 남았던 건, 삶의 모든 불필요함을 제거하고 난 후 완벽하게 통제된, 외부의 자극과 스스로의 욕망마저도 극복해 낸 수도승의 삶 같았기 때문이다. 내가 좋아하는 무언가 하나에만 걱정 없이 매진할 수 있고 내 삶의 영역을 최소한으로 가져가는 이 삶에는, 이 세상에 어떤 해악을 끼치는 존재가 되고 싶지 않다는 마음과 더 솔직하게는 세상의 어떤 해악도 나에게 침투하지 않았으면 하고, 스스로를 달팽이 껍질 속에 가두는 마음이 내재해있다.

『감옥으로부터의 사색』을 나와 같은 이유로 좋아하는 사람들은 이런 삶에 어느 정도 공감할지 모르겠다. 벌지 않아도 좋다. 기여하지 않아도 괜찮다. 미래에 대한 걱정이나 현재의 스트레스도 없이 책을 읽고 글을 쓰는 삶을 꿈꾸어본다. 현실적인 문제들이 방해하지 않도록, 현혹하는 세상의 모든 자극에 정신을 팔리지 않도록, 내 안위만을 생각하는 것에서 벗어나 자유롭게 유영하는 영혼을 꿈꾼다. 비록 육체가 좁고 벗어날 수 없으며 자유를 누릴 수 없는 곳에 있다 할지라도.

소비주의가 지배하는 한국에서보다 나는 프랑스가 이런 삶을 꽤 멋지게 구현해 줄 수 있을 거라고 생각했다. 어떤 직업을 가지든 그 직업은 귀천이 없고 사회보장제도가 잘 갖춰져 있어서, 나는 내가 자유롭게 하고 싶은 걸 하고 살아갈 수 있을 거라 생각했다. 나 개인이 일일이 계산해내지 않아도 사회가 내 삶의 존엄을 유지할 수 있는 최소한의 합의된 수식이 있을 거라 믿었다.

그런데 프랑스는 그걸 해줄 수가 없었다. 온몸으로 이민자를 거부하는 듯한 사회 곳곳의 제스츄어들, 모든 행정 절차나 사회 인식, 인종차별, 외국인 유학생이 한 사회에 뿌리내리도록 물질적 기반을 마련하는 게 거의 불가능한 상황들 때문만은 아니다. 오히려 이러한 이상적인 수식은 불가능하다고, 현재의 프랑스 사회가 외치고 있는 느낌이랄까. 사실 나를 포함한 대부분의 사람은 지독하게 이기적이고 억제하지 못하는 욕망, 돈과 명예를 향한 탐닉을 품고 살고 있다. 이런 마음들이 자본주의라는 괴물을 만들어냈다면 사회주의는 인간이 고매하다 믿는 순진한 (레몽 아롱*의 말을 빌리자면)'지식인들의 아편'일지도 모르겠다.

나는 내 욕망을 건강하고 올바른 방식으로 바라보지 못했고 너무 박했다. 수도승 같은 삶을 스스로 강요하면서 그렇지 못한 나를 채찍질했다. 그렇게 프랑스에 갔다 오고, 그 후로도 몇 년 동안 나는 제대로 풀리지 않는 연애와 (직장에 종속된 삶이 아닌) 어떤 이상적인 '다른 삶'을 꿈꾸길 반복하면서, 그제야 나는 내 욕망을 천천히 들여다볼 수 있는 여유가 생겼고 그것이 절대로 잘못되지 않았음을, 내가

---

*   Raymond Aron(1905~1983). 프랑스의 철학자, 사회학자.

진짜로 원하는 게 무엇인지 생각해 볼 수가 있었다.

　　직장에서의 구조적이고 피할 수 없는 모순을 인식하다
보면, 진짜로 일을 하기 싫어지는 순간을 맞이한다. '그럼에도
불구하고' 그걸 해야 할 때 얼마나 많은 에너지와 정신력을
요하는지 깨달을 때마다 이것이 너무 소모적이라 여길
때가 있다. 해야 하는 일을 겨우겨우 해내는 에너지를 모아
하고 싶은 일에 쏠 수 있다고 생각할 때마다 '퇴사'라는
단어가 저 멀리서 반갑게 손을 흔든다. 이 마음의 기저에는
무엇이 있을까. 내가 투입할 수 있는 리소스 대비 결과물.
그 결과물의 가치를 나는 아직도 제대로 계산해내지
못하겠다.

　　직장을 다니면서 플러스적인 요소는 내가 직장에서
얻을 수 있는 연봉과 커리어, 마이너스 요소는 앞서 말했던
불필요하게 과한 에너지를 포괄한다. 그렇다면 '내가
진짜로 하고 싶은 것'의 결과물은 예측할 수 없고 (아마
직장보다는 적을)수입과 플러스마이너스 알파. 이 알파에는
마음에 맞는 사람과의 일, 혼자 모든 걸 결정하고 통제할
수 있는 권한, 내가 하고 싶고 의미있다 생각하는 일에만
매진하는 시간, 나 자신에 대한 의심과 불안, 안정적이지 못한
수입을 딛고 선 경제적 불안, 그 와중에도 빌런은 존재한다는
것, 근무와 휴식이 구분되지 않는 삶 같은 플러스마이너스
요소가 존재한다.

　　아직 나는 이 두 가지 다른 삶에 적정한 수식을 대입해
계산해내지 못했지만, 어쨌거나 나는 이것에 대해 결론을

내려는 게 아니다. 내가 여기서 하고 싶은 말은, 내 안에서 코페르니쿠스적 전환이 일어났다는 것이다. 삶의 물질적인 면을 계산하는 나 자신의 모습에 대한 혐오를 거두고, 의존하려 했던 상대가 나에게 얼마나 줄 수 있는지를 계산해내던 비겁함을 버리고, 내 삶을 지탱하는 튼튼한 기반으로서의 경제적 자립을 추구하기 위한 계산기를 두드리기 시작했다. 그런 과정에서 나를 평가하는 체제에 대해서, 연봉을 계산하는 사회에 대해서, 능력을 평가받는 세상에 대해서 어느 정도는 받아들이게 됐다.

이전의 나는 그런 물질이 끼어들면 그저 동력을 잃어버리는 사람이라고 생각했다. 자본의 기능을 부정적으로만 여기면서, 모든 사람들이 제 기능을 할 수 있는 근간을 만들어주는 그러니까 최소한의 생계를 보장해주며 인간의 존엄성을 가질 수 있는 어떤 이상을 꿈꿨다. 그것이 '사회주의'라는 이상일지도 모르겠다. 그런 이상적인 사회가 언젠가는 펼쳐질 수도 있고, 모두가 행복해지는 길일 수도 있다. 나는 사회주의의 아편을 들이마시며 가치를 돈으로 환산하는 자본주의 사회에 환멸을 느끼면서, 가치를 매기는 일 자체를 부정했다. 물론 자본주의 사회가 가진 효율을 기반으로 인적 자원과 자연환경으로 대변되는 물적 자원을 자본가가 착취할 수 있는 구조를 옹호하는 것이 아니라, 그저 저 멀리 이상의 점을 찍어두고 이 사회를 비판하는 것이 과연 실효성이 있을지를, 어쩌면 현실에 뿌리를 두고 조금씩 바꾸어나가는 게 조금 더 의미 있진 않을지

고민해보게 되었다.

예전에 나는 이상적인 점을 찍어두고 내가 한 일의 가치,
내가 무능한 지점, 다른 사람의 능력과 무능 사이를
어떻게 바라봐야 할지 매우 미숙한 태도로 대했다. 자존감
결여와 사회주의 이상이 만나면 이런 일이 벌어진다. 내가
무엇을 할 수 있는 인간인지에 대한 근본적인 불신, 다른
사람의 능력과 무능을 무심하게 바라보는 태도 같은 것.
나 자신을 제대로 가치 매길 수 있다는 건 조직이나 사회에서
내 자리를 찾는다는 거고, 그만큼 다른 사람의 자리도
존중할 수 있게 된다는 걸 그때는 몰랐다. 그 포지셔닝이
가지는 의미 자체를 부정했을지언정 말이다.

세상에 제 자리를 꾸역꾸역 만들어내지 않기 위해
노력하는 수많은 먼지 같은 영혼들을 나는 시인의 태도라
말한다. 계산기를 두드리는 세계의 대척점에 있는 한 위대한
정신을 일컬어서. 그치만 어찌하면 좋은가, 나는 계산기를
품고 태어난 인간인 것을. '나는 이런 사람이요'하고
내 자리를 기어이 차지하고 싶은 사람인 것을. 그런 나 자신을
받아들이는 데 전 지구를 한 바퀴 도는 시간이 걸렸다.

나, 가족을 가질까 해

사실 가족을 가지는 데는 너무 많은 노력이 들어서, 그걸 거의 포기할까 생각했었다. 가족을 가지려면 일단 좋은 사람, 나와 잘 맞는 사람을 잘 만나야 한다. 사실 이것부터 험난한 과정이고 나는 서른넷이 될 때까지 이 첫 단추부터 제대로 끼질 못했다. 연애하고, 상대의 부모를 만나고, 결혼 준비 과정을 조율하고, 우리의 뜻에 맞는 환경을 갖추고, 결혼식을 올리고, 권태 없이 누군가와 평생 또는 이혼하기 전까지 살아가는 지난한 과정을 잘 해낼 자신이 없었다. "내 몸 하나 건사하기도 너무 벅찬데." 이것이 내가 자주 얘기하던 변명이었다. 혼자 꽁꽁 싸매고 살면서, 나는 내 마음이 편하기만을 지독하게 바랐다. 아무것도 내 심신을 고달프게 하지 않기를, 내 통제력을 잃지 않기를. 그렇게 나는 누군가를 만나거나 내 일과가 끝나는 어떤 시점에 내 안락한 굴속으로 안전하게 들어가기를, 너무 오랫동안 세상의 밖에 노출되지 않기를 어느 순간부터 간절하게 바랐다.

그런데 이런 순간에 누군가에게 조금의 마음을 주는

것에도 나는 쉽게 행복해지곤 했다. 지독하게 이기적인 이런 시절에 누군가를 아주 조금 위하는 마음만으로 따뜻함을 느꼈다. 사람뿐 아니라 어떤 존재라도. 길고양이나 가로수, 예쁜 하늘, 따뜻한 날씨나 기분 좋은 산들바람, 거리에 피어있는 꽃을 엉거주춤 정성스럽게 담아내는 이들, 수채화 같은 하늘에 빨간 물감이 조금씩 퍼져가는 모습, 비 내리는 소리, 그러니까 무엇에라도 나는 쉽게 먹먹해지고 아련해졌고 행복했다. 짝사랑은-마음이 끌림에 어느 순간 내 마음을 드러내지 않는 소심하고 두근거리면서도 맹목적인 마음을 짝사랑이라 부르곤 했는데-그저 그런 존재가 있다는 것만으로 기저에서 행복이 은은하게 퍼져 흘러나온다. 왜 어느 순간부터 내 마음은 대가를 바라지 않게 되었을까. 지독한 이기주의자의 사랑이니까 그렇다고 생각했다.

그런 존재에게 가장 약한 사람이 되고 싶었다. 다른 어디에서 절대로 쉽게 굽히지 않는 나였다면 그런 존재 앞에서만큼은, 아무것도 주장하고 싶지 않았고 그가 원하는 모습대로 굽어지고 싶었다.

그러면서 생각했다. 외로움이라는 건 누군가에게 받지 못해서 생겼다기보다 줄 수 없어서 생기는 감정이라고.

그래서 용기를 내어 감히 내 가족을 가져볼까 한다. 나는 그 반려의 존재로 개와 고양이를 떠올렸다. 내가 단순히 반려동물을 키우겠다는 이야기를 했을 때, 많은 사람들-특히 반려동물을 키우는 사람들-이 나에게 충고했다. 생각보다 돈도 많이 들고 자유도 많이 뺏긴다고. 여행도 쉽게 못 가고

주변에 꼭 돌봐줄 누군가가 있어야 하며 그럼에도 불구하고
많은 반려동물이 외로움을 겪는다고 이야기했다.

　　그들의 이런 반응은 반려동물을 키우는 것이 결국
누구에게나 마음의 부채감이 쌓일 수 밖에 없는 일이라는 걸
알게해주었다. 내가 극구 반대해왔던 그 책임감. 조건
없는 사랑을 주는 반려동물에 대한 애틋함과 그걸 돌려주지
못하는 마음의 빚. 이제 나는 그 마음 때문에 내가 내
삶에서 많은 걸 포기하게 된다 하더라도, 기꺼이 그러고 싶다.
사실은 그를 제외한 삶이 무슨 의미가 있느냐고 생각했다.
사랑하지 않은 채 혼자 스스로의 감옥에 갇힌 외롭고 쓸쓸한
존재가 되고 싶지 않다. 나도 내 삶을 기꺼이 내놓고 한
존재를 위해 내 삶을 조율하고, 그를 온 힘으로 이해하고,
사랑하고 싶다.

　　물론 이 역시도 그런 존재를 찾는 것에서부터 아주
조심스럽게 출발해야 할 터이다. 나의 섣부름이 상대를 상처
입히지 않도록. 알량한 판단이 그 존재에게 불행이 되지
않도록. 나 자신, 내 삶보다도 더 중요한 어떤 존재를 내 마음에
온전하고도 오롯이 들이고자 하는 고귀한 마음을, 나도
가지고 싶다. 그렇게 어떤 존재와 시간을 보내고 함께 나이
들고 싶다. 가족을 갖는다는 건 그런 의미니까.

사뮈엘 베케트의 〈엔드게임〉

부조리를 구성하는 필연적인 요소는 무엇일까? 나는
외부의 시선이라 생각한다. 부조리한 걸 부조리하다고 말할
수 있는 건, 그 역할에 푹 심취해있는 사람이 아니라 한 발
떨어져서 상황을 볼 수 있는 사람이기 때문이다.

사뮈엘 베케트가 햄과 클로드를 장애가 있는 사람이라
설정한 연유에 대해서 추측해본다. 우리는 멀쩡히 걷고
두 눈을 똑바로 보고 있다고 생각하기 때문에, 절뚝거리는
사람과 앉은뱅이, 눈이 제대로 보이지 않는 사람을
외부의 시선으로 볼 수 있다. 저들이 저 상황에서 부조리를
펼치는 건 마치 그 장애 때문이라는 듯, 나는 장애가 없는
정상이라는 듯.

그러나 우리는 진짜 이 사회가 〈엔드게임〉의 사회와
다르며, 내가 처한 상황이 햄과 클로드와 다르다고 생각할 수
있을까? 사뮈엘 베케트는 짐짓 아닌 척, 관객들이 이 말도
안 되는 상황을 지켜보며, 관객들 중 다수가 제가 보고 싶은
것만 보고, 갈 수 있는 곳만 가는 눈먼 자이자 절름발이라고

말하고 싶었던 건 아닐까.

"곧 끝이 날 것입니다." 그 장면을 끝내면 더 나은
장면이 펼쳐질 거라 생각했던 적이 있다. 나는 클로드처럼
햄의 말도 안 되는 명령에 굴복하지 않을 것이며,
이 부조리에서 어느 정도 떨어진 시각에서 '나는 이 연극에서
어떤 진지한 역할도 맡지 않겠다'고 다짐했던 적이 있다.
이를테면 한국을 떠나올 때 그랬다. 한국에서 펼쳐지는
수많은 부조리가 코미디처럼 느껴졌다. 나는 그 부조리의
방관자라 생각했고 멀찍이 서서 바라보고 있으면, 그 사회의
책임을 질 필요도 없는 완전무결한 존재가 될 수 있을
거라고 생각했다.

그렇게 떠나온 프랑스에서의 삶은 한국과 다를 바
없거나 더욱 힘들었다. 한국에서는 냉소하듯 스스로
이방인처럼 이 사회를 한 발자국 떨어져서 봐왔는데, 결국
나는 사회에서 누구보다 평범하고 어느 위치에서도
어색하지 않은 그런 사람이 되고만 싶다.

삶이라는 건 결국 부조리 안에 있으며, 찰리 채플린의
'인생은 가까이서 보면 비극이지만 멀리서 보면 희극이다.'
라는 말과 같다. 파라다이스는 없으며, 어디에서든 지옥
같은 타인들과 함께 살아가는 게 삶이다. 우리 모두가 겪는
대부분의 삶은, '떠날 것이다'를 말하며 속박되어 있는
클로드의 삶 아닌가. 이런 삶을 살아가는 데 필요한 태도는,
나 자신도 타인에게 지옥일 수 있다는 역지사지의 태도와
내가 바꿀 수 있는 문제와 그렇지 않은 문제를 구분하는 지혜,

그리고 내가 할 수 있는 일을 꾸준히 해나가는 부지런함
이지 않을까. 한 발자국 떨어져서 부조리를 바라보는 시각은
필요하지만, 그것이 꼭 허무와 냉소로 이어질 필요는 없다.
어떤 문제든 피하지 않고 직시하기만 하면 그때부터 해결책이
저 멀리서 나에게 다가오기 위해 걸음을 떼게 된다.

개정판을 내면서

170페이지 분량으로 내 이야기를 처음 세상에 내놓았을 때, 나는 내 책의 제목을 포털 창에 검색하곤 했다. 내 책이 서점들의 온라인 스토어에 등록되고, 재입고 요청 메일을 받고, 누군가가 책을 가져갔다는 이야기를 듣는 과정은 신기하고 설레는 경험이었다. "누가 읽었을까? 어떤 생각을 했을까?" 너무 궁금해서 그 긴 제목*을 열심히 쳐서 검색했다. 인스타그램에도 제목의 해시태그를 팔로우해놓고 누군가의 포스팅에 뜨는 것을 기다리곤 했다. 그러다 보면 아주 가끔, 내 책을 읽은 사람들의 리뷰를 볼 수가 있었는데, 한국이 아닌 어딘가에 살아본 경험이 있는 사람들만이 아니라 다른 것을 꿈꾸는 사람들의 공감을 얻을 수가 있었다. 그렇게 세상 어디에는 존재했을, 나와는 일면식도 없지만 나와 비슷한 점을 한 가지 이상 가지고 있는 사람들을 만날 수 있었다. 누군가는 글쓰기에 대해, 누군가는 이방인이 된다는 것을, 또 누군가는 외국에서의 삶에 대한 불편함을 이 책에서 찾아냈고 그것에 공감하고 각자의 생각을 풀어냈다. 내 책에 해석의 살이 붙어갈 때마다, 나는 어떤

---

*   초판의 제목은 『프랑스로 떠날 때는 돌아올 것을 생각하지 않았다』였다.

창작물이건 제작자의 손을 떠나는 순간 오롯이 창작자만의
것이 아니란 사실이 실감 났고, 참 감사하고 먹먹했다.

　　그래서 이런 말들은 사족이 될 수도 있지만, 그럼에도
불구하고 책을 만들게 된 계기에 대해서 말해보고 싶다.
'이 글을 왜 썼는진 모르겠지만'하며 나름 의도를 추측해보곤
하던 이름 모를 사람들에게 이야기해주고 싶어서다.

　　이런 형태는 아니었지만 최초로 비슷한 아이디어를
떠올린 건 파리의 13구에 위치한 한 카페에서였다. 대학원
마지막 학기이자 귀국까지 석 달 정도의 시간을 남겨둔
때였다. 그때의 나는 졸업 후에 무조건 프랑스를 뜨겠다는
생각으로 한국에 갈 날만을 손꼽으면서도, 한편으론
아무것도 이루지 못한 나 자신을 불안하게 여겼다.
'무어라도 남겨야 한다!'하는 절박함. 그게 당시의 내 솔직한
심정이었다.

　　그럼 '무엇이' 남았나. 말할 때마다 지나친 긴장을
요하는, 그래서 더욱 어눌하고 부자연스러운 프랑스어 실력.
그런 프랑스어를 들으며 '???' 하는 눈빛으로 나를 바라보는
프랑스인들을 통해 만들어진 피해 의식. 그리고 그를 딛고
싹 튼 국수주의. 거리와 지하철역은 깨끗하고 인터넷도
어디서든 빵빵 터지고 일 처리 빠르고 사람들은 친절하고

핸드폰으로 카페 자리를 잡아둘 수 있는 한국 나이스,
최고. 한국이 싫어서 여기까지 와놓고 이렇게 또 한국 찬양을
하는 내 모습이 우스웠다.

그 우스운 모습을 자조적으로 바라보면서 다른
사람들은 어땠을까 궁금했다. 파리에서 오래 어학을 하고
대학교 1학년을 시작했던 동생들은 어땠을까. 파리에 오래
있었던 영화감독 언니의 경우는, 보자르나 시엉스포같이
프랑스에서도 인정받는 고등교육기관에서 공부했던
친구들은 나와 어떻게 다를까.

카페에서 친구와 이야기하면서 나는 사람들의
이런 이야기를 수집해보고 싶다고 이야기했다. "당신들에겐
파리의 삶이 어땠나요?"하고 물어보고 싶었다. 그러나
언제나 그렇듯 이 프로젝트는 나의 의지박약과 탄력 없는
실행력으로 실현되지 못했다. 이 아이디어는 내가 한국에
있을 때도 불쑥, 아는 동생과의 대화에서 다시 튀어나왔다.
그 즉시 구입한 5만 원짜리 녹음기는 결제 후 딱 한 번
그 동생과 인터뷰를 가장한 술자리에서 한 번 사용되었고,
지금은 내 침대 밑 상자에서 고이 휴면 중이다.

'책 출판'은 아마 수많은 개연성을 가진 조그만 사건들의
결과이겠지만 그 나름에도 운명 같은 사건들이 있었다.

하나는 오래 전 썸남을 만나 내 운명을 깨달은 것, 또 하나는 프랑스에 함께 했던 친구들과의 만남.

구 썸남은 운명처럼 나타났다. 대학시절에 이어지지 않고 스쳐 지나간 인연을, 회사 근처 칼국숫집에서 10년 만에 딱 마주친 거다. 당시 나는 새로운 일을 시작했고, 입사 후에 오랫동안 연이 없던 사람들이 내 주변에 불쑥 나타나고 또 연결되면서 나는 이 일을 신기하게 여겼다. 밀란 쿤데라는 그런 계시와 운명 따위는 착각이며 모든 일은 우연에 의해서 벌어질 뿐이라고 했지만, 나는 나를 둘러싼 일들에 애살있게 의미를 부여하고 싶었다. 특히 내 몸에서 사라져가던 연애 세포를 단전부터 끌어올린 그 구 썸남을 발견했을 땐 더욱더.

그렇게 혼자서 저만치 앞서나가 한껏 들뜬 구 썸남과의 저녁은, 이 모든 운명과 설렘에서 한 발자국 벗어나 버리긴 했다. 우리가 마치 로미오와 줄리엣이라도 되는 것처럼 뭔가 불꽃이 팍 튈 줄 알았지. 내가 손목터널증후군으로 팔을 연신 주무르고 있으니 구 썸남은 할머니가 다 됐냐며 놀렸고, 그는 독수공방하는 할아버지 느낌이 났다. 시간은 그냥 하루하루 가는 거라고 생각했는데, 오랜만에 머나먼 과거의 사람을 만나면 서로의 사이에 놓였던 시간이 핵폭탄같이 강력하게만 느껴진다.

　강렬하게 불꽃이 튀거나 하던 저녁은 아니었지만 그래도
나는 서로를 놀리며 농담 따먹기 할 수 있는 게 좋았다.
가장 기억에 남았던 건 아직도 글을 쓰냐는 말이다. 그 애는
나를 글 쓰는 사람으로 기억하고 있었다. 나보고 직장인이
어울리지 않는다고, 그때 싸이월드에 썼던 거 모아서
출판하라고, 계속 글을 쓰라고 했다.(야, 임마 나 이제 직장
오래 다닐 거라고.)

　그제야 나는 그게 내 운명 같다고 생각했다. 살아보니
하루아침에 내 눈앞에 '짠' 하고 나타나 인생을 바꿔줄 거라고
믿었던 일들은 대부분 의미 없는 일들이었다. 운명이 그런
호들갑에서 오는 게 아니라, 나라는 사람이 일관되게 가져온
습관이나 일상이 쌓여서 만들어지는 거라면, 그건 '글 쓰는
나'일 수도 있지 않을까 하는 생각. 구 썸남은 이런 내 운명을
일깨우기 위해서 시간과 공간을 가로질러 그렇게 운명처럼
나타난 걸지도 모르겠다.

　구 썸남과의 만남이 '글 쓰는 나'에 대한 자아 찾기 같은
느낌이었다면, 프랑스의 사람들을 만나고서 나는 '무엇을 써야
할지'를 찾게 됐다. 프랑스에서 함께 했던 동생들은 나보다
더 늦게 한국으로 돌아와 각자 제자리를 찾아 헤맸다. 내가

처음 한국에 도착했을 때 느꼈던 어떤 막막함이 그들에게서 비슷하게 느껴졌다. 후, 이제 뭘 해야 하지. 호기롭게 프랑스로 갈 때는 생각하지 못했던 현실을 이제는 마주해야 할 텐데, 그걸 어디서부터 어떻게 해야 할지 막막했다.

프랑스에서 단번에 짐을 다 싸서 귀국하는 이보다, 한두 번 왔다 갔다 하면서 한국으로 돌아오는 사람들이 더 많았다. 파리의 집을 단기 임대해놓고 핸드폰을 잠깐 정지시켰다가, 결국에는 짐을 정리해달라고 지인에게 연락하거나 마지막 정리를 위해 파리로 향하곤 했다. 똥을 다 닦지 못하고 화장실에서 나온 것처럼 우리는 계속 찝찝함에 뒤를 돌아봤다.

그렇게 파리를 떠나온 지 3년이 지난 어느 날, 동생들과 만나며 나는 우리 사이에 있는 이 찝찝함의 실체를 이전보다 선명하게 바라볼 수 있었다. 나 혼자만 그런 줄 알았는데, 다들 비슷한 고민과 불안을 안고 있다는 걸 알게 되었다. 그때 인터뷰집을 기획하면서 다른 사람들에게 묻고 싶었던 질문에 대한 답을 조금은 알 것 같다 생각했다.

그래서 내 이야기부터 써야겠다고 생각했다. 내 이야기를 쓰다 보면 누군가와 어떻게 같고 다른지를 알 수 있을 테니까. 동생들과 만난 후 휴가차 부산으로 내려가던

KTX 안에서, 나는 선언하듯 인스타그램에 프랑스의 이야기를 쓰겠다고 올렸다. 나는 ENFJ의 계획형 인간이니까 마지노선을 설정해야 하고, 그걸 연말로 잡았다. 마감은 미루라고 존재하는 것처럼 2개월 정도 늦춰지긴 했지만, 여차여차 초판은 내 서른넷 생일에 맞춰 태어났다.

생각해보면 결국 '사랑' 때문에 여기까지 왔다. 나는 구 썸남을 발견하고 내 오랜 습관처럼 그 사람의 마음이 어떤지 모르고 급발진하려 했다가 멈춰 서서, 수많은 일을 떠올렸다, 한두 마디로 설명하지 못하는 사이의 시간을 돌아봤다. 참 많은 일이 있었지만 나라는 사람도 무언가 일관되게 하는 게 있다는 걸 발견한 것이 기뻤다. 그렇게 나는 글을 쓰면서 외롭고 어딘지 꼬여있고 잘못된 선택을 하고 어버버하던 나 자신을 사랑하게 되었다. 나와 같은 시기 파리에 있었던 친구들을 더 사랑하게 되었다. 그 친구들이 있어 나는 글을 쓸 결심을 할 수 있었고, 더 솔직할 수 있었다.

외로움이 흘러가던 방향에 몸을 맡기던 나는 조금 더 단단해졌다. 내 마음을 어찌하지 못해 전전긍긍하고 의존하는 태도에서 벗어나 나를 포함한 세상의 존재들을 사랑하는 태도를 얻었다. 이 모든 과정에 함께 한 사람들에게 사랑과 감사를 전하고 싶다.

천국보다 낯선 프랑스

지은이
이용빈

초판 1쇄 발행
2022년 11월 1일

편집
강민영

출판등록
제2016-000027호

디자인
Plate

펴낸곳
별책부록
서울 용산구 신흥로16길 7, 1층

서체
펜돋움(양장점)

070-4007-6690
byeolcheck@gmail.com
byeolcheck.kr

펴낸이
차승현

instagram.com/byeolcheck

ISBN 979-11-967322-9-5 (03810)